JN324401

SPEED

金城一紀

角川文庫
16875

世界が生まれた。
風よ、いつまでも続くように吹け！

――シモーヌ・ヴェイユ

Go ahead, punk!
（かかってこい、クソ野郎！）

――ジーナ・ローランズ

いま、わたしのまえに憎むべき敵が立っている。

敵は右手に黒光りしている武器を持ち、顔には薄ら笑いを浮かべながら、わたしを見つめている。

頼りにしていた朴舜臣《パクスンシン》は武器の餌食《えじき》になって敵の足元に倒れているし、わたしの背後に立っている南方《みなかた》たちは敵を恐れているのか、じっとしたまま動こうとしない。

敵がわたしに向かって一歩を踏み出した。

わたしとの距離は二メートルほどに縮まった。

敵が右手の武器を顔のまえにかざし、冷たい声で言った。

「関わらなきゃよかったって、後悔してるだろう？」

後悔なんてしてない。

でも、一瞬だけこう思ったことは確かだ。

どうしてこんなことになってしまったんだろう?

ほんのひと月ほどまえまで、わたしは家と学校のあいだを往復するだけの毎日を送っていたような、平凡な女子高生だったのだ。

わたしの一瞬の戸惑いを感じ取ったのか、敵が見下したような笑みを唇の端っこに貼りつけた。

くやしい。

でも、その笑みを奪い取る方法を、わたしは知らない。

敵の顔から笑みが自然に剝《は》がれ落ち、その代わりに武器の照準を定めるための鋭い眼差《まなざ》しが現れ、わたしの顔に向けられた。

時間が止まった。

音が消え、わたしに見えている世界は一時停止ボタンを押したように動きを止めているのに、わたしの両足だけは小刻みに震えている。

どうしてこんなことになってしまったんだろう?

ちょうどいい。

時間が止まっているあいだに、わたしがどうしてこんなことに巻き込まれてしまったのか、初めから思い返してみよう。もしかしたら、人が死ぬまえに見るとかいう走馬灯が動き始めつつあるのかもしれないけれど——。

念のために言っておこう。

いまからわたしが話そうと思ってるのは、わたしの生まれて初めての冒険の話だ。

1

冒険の始まりを告げたのは、工事の騒音と、オペラのアリアだった。

もっと詳しく言うと、十一月の最初の水曜日の朝、わたしは近所に建ち始めたマンションの工事現場の騒音と、ママが最近カルチャースクールで習い始めたオペラのアリアの練習の声で、目を覚ました。

ちなみに、十二階建てを予定してるマンションは日照権の問題で周囲の住民の反対運動が起きてるし、ママが歌ってるアリアは『蝶々《ちょうちょう》夫人』の「ある晴れた日に」なのだけれど、どう聴いても夜道でブリーフ姿の痴漢に遭遇した時に女の人が上げるような悲鳴にしか聴こえなかった。騒音もアリアも、耳にしたのは今朝が初めてだった。両方とも《公害》と呼んでもぜんぜん差し支えないレベルだった。

薄目を開けて、枕元の目覚まし時計を見た。午前十時をちょっとだけ過ぎていた。いつもは学校へ行っている時間だった。昨日で二学期の中間テストが終わり、今日一日は自主授業になっていて出欠は問われないことになっていたから、学校には行かず、久し振りに時計のタイマーを解除してうんと眠るつもりだったのだ。

薄目を閉じて、胸の中でつぶやいた。

——神様、お願いですからいますぐにこの不愉快な音を消して、また眠らせてください。

祈りは届かず、騒音とアリアはさらに激しさを増した。

神様なんていない。サンタだっていない。奇跡だって起きない。分かってる。わたしはもう十六歳なんだから。

それにしても、学校に行っているあいだのわたしの部屋では、こんなふうに工事の騒音とオペラのアリアが渦巻いていたのだ。そう思うと、ちょっとだけおかしかった。いつもよりほんの三時間ぐらい多く眠っただけで、違う世界の存在を知らされたような気がしたのだ。考え過ぎだろうか？

目をぱっちりと開けてベッドから上半身を起こし、光を入れるために思い切りカーテンを引いた。

さあ、三時間遅れの一日を始めよう。

顔を洗い、髪をとかし、制服を着て、二階の部屋から一階のダイニングに向かい、トーストにりんごのジャムをつけて食べ、オレンジジュースを一杯飲んだあと、リビングに向かった。

ママはステレオのまえに立ち、スピーカーから流れるマリア・カラスの歌に合わせながら、相変わらず悲鳴を上げていた。わたしがうしろから肩を叩《たた》くと、ビクッと体を震わせ、脅かさないでよー、と眉《まゆ》をひそめた。

「今日は休みでしょ。もう少し寝てたらいいのに」

文句を言おうかどうか一瞬迷ったけれど、めんどくさい、が勝ってしまった。

「ちょっと出掛けてくるね」

「どこ行くの？」

「予備校に行って、冬期講習の資料をもらってくる」

「まだ一年生なんだから、そんなにがんばんなくてもいいのよ」

気遣ってくれるママの顔は、そうは言ってもやっぱり嬉《うれ》しそうだった。

「うん、分かってる。でも、友だちもみんな受けるみたいだし」

「そうなんだ。じゃ、無理じゃない程度にがんばるのよ」ママはそう言って微笑んだあと、思い出したように付け加えた。「今日は上原さんが来る日だから、ちゃんと時間までに帰ってきてね」

《上原さん》は都内の有名私立大学の四年生で、わたしの家庭教師だ。高校に上がってすぐの頃から週に二回教わっていて、もう半年以上のつきあいになる。わたしは《上原さん》ではなく、《彩子さん》と下の名前で呼んでいた。彩子さんは綺麗《きれい》で、頭が良くて、凛《りん》としていて、優しくて、わたしの憧《あこが》れの女性だった。

「だいじょうぶ。寄り道しないで帰ってくるから」

わたしの言葉に、ママは嬉しそうにうなずいた。

「じゃ、行ってきます」

玄関で靴を履いている時、またママの悲鳴が再開した。ママは毎年十一月になると決まって習い事を始める。たとえば、一昨年《おととし》は《主婦のための護身術》、去年は《仏像彫刻》の教室に通っていた。ちょっとまえに、ママに理由を訊《き》いてみたところ、秋はなにかを始めたくなる季節なのよ、と漠然とした答えが返ってきた。その言葉のとおり、秋が過ぎて冬が始まる頃には何事もなかったかのように習い事をやめてしまうのだけれど。

ママの悲鳴に背中を押されながら、家を出た。

「マンション建設絶対反対！」とか「大資本の暴挙を許すな！」とかいう文字が染め抜かれた旗が風にはためく工事現場のまえを通り過ぎ、最寄り駅に向かった。

パパは旗に込められた意味を、「裏で煽《あお》ってる人間がいるんだ。お金がたくさんもらえるようにね。世の中はそういう仕組みになってるんだよ」って教えてくれた。パパは機嫌がいい時、世の中の仕組みについて、よく話してくれる。でも、わたしはそんな時のパパの顔はあんまり好きじゃない。あと、自分の会社を自慢してる時も。パパは一流と呼ばれるような商社に勤めていた。

駅に着いて、新宿方面に向かう電車に乗った。

朝のラッシュの時とは違って、車内はガラガラだった。わたしが乗った車両には乗客が五、六人しかいなかった。シートの一番端っこに座って窓の外を流れる景色をぼんやり眺めていると、車両の奥のほうから歩いてきた紺のスーツ姿の痩《や》せたおじさんが、わたしのすぐ隣に座った。空いてるのに詰めて座るのは明らかにおかしくて、わたしはとたんに怖くなったけれど、動揺を気づかれないように、そっと深呼吸をした。

わたしが通っている女子高は割りと有名なお嬢様進学校で、わたしたちだけを専門に狙う痴漢がいるという噂を聞いたことがあった。わたしは制服を着てきたのを後悔していた。セーラー服の胸元には《Σ《シグマ》》という文字が刺繍《ししゅう》してあって、ギリシャ文字をトレードマークにしている学校は都内ではうちぐらいだったので、見分けがつけやすいのだ。ちなみに、《Σ》をローマ字に直すと《S》で、《Sacred（神聖な）》の頭文字から取ってるのだそうだ。なら、普通にローマ字の《S》にすればいいのに、って由来を聞いた時は思ったけれど。

次の停車駅が近づいてきていた。本当は降りる駅ではなかったけれど、緊急避難のために降りることに決め、心の準備を始めた。1、2、3、と胸の中で数えて立ち上がることにした。停車に向けて電車のスピードが一気に落ち始め、胸の中で、1、と数えた時、隣から手が伸びてきて、わたしの左手をぎゅっと摑《つか》んだ。わたしの体は反射的に大きく震えたあと、一瞬にして固まってしまった。声を上げるどころか、怖くて隣も見れない。電車がちょうどトンネルを通ったので、車窓のスクリーンにわたしとおじさんの上半身が映った。おじさんはわたしに視線を向けるわけではなく、無表情にまえを見つめていた。おじさんの手には相変わらず強い力がこもっていて、でも、ほかの危害を加えられるような雰囲気は感じられなかった。

電車が駅に着き、ドアが開いた。おじさんの引き留めるような手の力に完全に降りるタイミングを失くしてしまったわたしは、身じろぎもせずにシートに座っていた。若いサラリーマンが乗ってきたので、がんばって声を出し、助けを求めようかと思ったけれど、すぐに諦《あきら》めた。若いサラリーマンはわたしとおじさんをジロジロ見たあとに繋《つな》がった手に気づき、汚いものでも見るような目でわたしを見たのだ。ドアが閉まり、また電車が動き始めた。

　結局、おじさんは三つの駅のあいだじゅう、わたしの手を握ったままだった。三つ目の駅に着く直前におじさんは手を離し、シートから立ち上がって、わたしのまえに立った。五十歳ぐらいに見えるおじさんの顔のところどころには深い皺《しわ》が刻まれていて、ひどく疲れているように見えた。そして、目にはとても悲しそうな色が浮かんでいた。

　思わず身構えてしまったわたしを見て、おじさんは目の色をもっと深くして、囁《ささや》くように言った。

「すまなかった……」

　わたしが黙ったままでいると、おじさんは途方に暮れたような顔をしてため息をつき、スーツのポケットから財布を取り出して枚数を確かめもせずにお札を適当に摑んで抜き出したあと、わたしの手のひらに押しつけた。

　電車が止まり、ドアが開くと、おじさんは最後にもう一度悲しそうな目でわたしを見つめ、逃げるようにして電車を降りた。

　電車がまた動き出してしばらくのあいだ、わたしの左手にはおじさんの手のぬくもりが消えずに残っていた。

予備校には行く気になれなかったので、新宿の街をぶらついた。

立ち読みでもして気を紛らわせようと思い、大きな本屋さんに入って目についた雑誌や本を手に取って眺めたけれど、内容が頭に入ってこなかった。電車での出来事のショックが残っていたし、それに、スカートのポケットに入っている五万円がやけに重く感じられて、落ち着かなかったのだ。

女性誌のコーナーで立ち止まって大きく深呼吸をしたあと、今日中にお金を使い切ってしまうことに決め、読みたい本を探すために店内を歩きまわった。一時間ぐらい歩きまわったあげく、学習参考書の棚のまえに辿《たど》り着いた。手には一冊も本を抱えていなかった。

なにも買わずに本屋を出て、近くにあった全国チェーンのCDショップに入った。普段はパパとママが聴くクラシック以外、音楽はほとんど聴かないけれど、気分が変わるようなCDを探して聴いてみようと思ったのだ。でも、店内に入ってすぐ、膨大な数のCDをまえにして途方に暮れてしまった。選択肢が多過ぎるのだ。わたしが求めてる答えはひとつかふたつなのに。

しばらくのあいだ、あてもなく棚のまえを歩きまわった。ジャズ、ブルース、レゲエ、ロック、みんなよそよそしい顔をして、わたしに知らんぷりを決め込んでいる。適当な一枚を手に取ってみるきっかけも摑めない自分が情けなかった。ひどく無駄な時間を過ごしている気にもなったので、探すのを諦めてお店を出ることにした。

出口に向かってロックの棚のあいだを進んでいると、CDを手にした小学生ぐらいの、後ろ髪が少しだけ長い男の子が通路の途中でしゃがみ込んでいた。通りにくかったので、ふと足を止めた。男の子はわたしの存在にはまったく気づかず、怖いような顔でCDジャケットを眺めていたのだけれど、急にCDを棚に戻して、ズボンのポケットから薄いお財布を取り出し、中身を調べ始めた。わたしは隣でCDを探すふりを始めて、男の子の様子をこっそり横目で眺めた。男の子がため息をついた。なにかを迷ってるみたいだ。男の子はお財布を左手に持ち、右手でもう一度CDを棚から引き出して、ジャケットを見つめた。たぶん、CDを買いたいんだろう。でも、買ってしまうとお小遣いが底をついてしまうんだろう。わたしは祈るような気持で、男の子のことを見つめた。男の子がCDを持ったまま立ち上がった時、わたしは胸の中で、やった！　と叫んだ。その叫び声が聞こえたのかもしれない。男の子がふとわたしの顔に目を向けた。わたしが微笑むと、男の子は照れたようにうつむき、急いでレジのほうに歩いていってしまった。男の子の目は、ひどく澄んだ色をしていた。

デパートの地下食品売り場に行き、六千円のチョコレートの詰め合わせを買って、帰りの電車に乗った。

　チョコレートを一緒に食べながら、彩子さんに今日一日の話を聞いてもらうのだ。工事の騒音やオペラのアリアや、わたしがいないあいだのわたしの部屋の存在について。生まれて初めて男の人に強く手を握られたことや、おじさんの悲しい目の色について。それに、読みたい本や聴きたいCDが見つからなくて、ちょっとだけ混乱してしまったことや、小学生の男の子の澄んだ目の色について。きっと彩子さんはきちんと耳を傾けてくれるし、ちゃんとしたアドバイスもくれて、今日一日でほんの少しだけずれてしまったわたしの世界を元通りに戻してもくれるはずだ——。

　家に戻り、準備を整えて彩子さんを待っていると、彩子さんから電話がきた。

「からだの具合が悪くなっちゃって、今日は休みたいの」

　がっかりしたけれど、仕方がない。

「分かりました。お大事にしてくださいね」

　電話の向こう側から、ふいの沈黙が流れてきた。携帯電話の電波の状態が悪いのかと思い、わたしは、もしもし？　と問い掛けた。沈黙は続いた。もしもし？

　彩子さんの息遣いが聞こえた。ため息のような音だった。そして、続けて聞こえてきたのは、いまにも消え入りそうな言葉だった。

「……ごめんね」

「どうかしたんですか？」

「行けなくて、ごめんね」

「だいじょうぶですよー。気にしないでくださいね」わたしは明るい声で言った。

「約束、忘れてないからね」少しだけ明るくなった彩子さんの声が、言った。

わたしと彩子さんはある約束をしていた。

「楽しみにしてますね」

「うん、来週会おうね」

「それじゃ、また」

「バイバイ」


その日の夜、わたしは日付が変わるまえにベッドに入った。そして、いつものように目覚まし時計のタイマーを七時にセットしたあと、ほんの少しだけずれてしまった世界を抱えながらも心地よい眠りにつき、奇妙だった三時間遅れの一日に別れを告げた。

だって、わたしは知らなかったのだ。

これから先、ほんの少しどころか、わたしを取り巻く世界ががらりと変わってしまうことを。

彩子さんがその時にはすでに死んでしまっていたことを。

2

十一月の二番目の火曜日、わたしはいらついた気持をどうにか抑えながら、教室の机に座っていた。

一日の最後のホームルームの時間で、教壇では陰でスーパーハイミスと呼ばれてる担任の南田が、わたしたちを厳しい目で見下ろしていた。教卓の上には、ある少女マンガの単行本が置かれていた。クラスの一人が友だちとの貸し借りのために持ってきたところ、抜き打ちの持ち物検査でばれてしまったのだ。そして、マンガの中にキスシーンがあったために、問題が大きくなってしまった。持ってきたクラスメイトは職員室の隣にある《応接面談室》に隔離されて保護者の到着を待ち、残されたわたしたちは、「なぜこんな由々《ゆゆ》しき事態が起こってしまったのか」を、考えさせられていた。

ホームルームはもう一時間近くも長引いていた。わたしには行かなくちゃならないところがあったし、約束の時間もどんどんと迫ってきていて、とても焦っていた。

「みなさん」南田が艶《つや》のない声で言った。「我が校の教育理念を思い起こしてください。素直さ、誠実さ、さわやかな品性、愛と正義と平和のための奉仕。それらを育《はぐく》むための校内で品性の劣った書物を――」

「キスシーンのあるマンガを読んだら、素直さも誠実さも品性も愛も正義も平和も失ってしまうんですか？」

思わず声を上げて、そう訊《き》いてしまいそうになった。普段なら、こんな冗談みたいなシチュエーションでは思考を停止し、ぼんやりとなにかほかのことを考えてやり過ごしてきたけれど、いまはとうていそんな気持にはなれなかった。先週の水曜日に彩子さんが死んでしまって以来、わたしは割り切れないものを抱えながら、いらついて過ごしてきていた。南田が毎日同じ紺色のスーツで教室に現れるたびに、なんだか腹が立ってしまうぐらいなのだ。

ふと、日曜日のお通夜で見た彩子さんのお母さんの泣き顔が思い浮かんだ。あんなに哀しそうに泣いている人を見たのは、生まれて初めてだった。わたしがお母さんの立場だったら、どんなふうに感じただろう？　自分の娘が突然謎の飛び降り自殺をしてしまったら――。

一瞬、彩子さんの体が地面に落ちていく映像が頭に浮かんだので、急いで頭を振り、映像を遠くに飛ばした。

「岡本さん」

突然の南田の声に驚いて、肩を震わせてしまった。

「はい」とわたしは反射的に応《こた》えた。

「どうかしましたか？」

「……頭が痛くて」とわたしは嘘をついた。

「保健室に行きますか？」

わたしは首を横に振り、だいじょうぶです、と答えた。

南田は軽くうなずき、みんなの顔を見まわして、言った。

「今日はここまでにしましょう」

わたしは気づかれないように、安堵《あんど》の息をついた。

わたしのかすかな息を聞き取ったのか、南田は念を押すように、最後の言葉を吐いた。

「くれぐれも我が校の品位を落とすような行為は慎むように。分かりましたね？」

学校をダッシュで飛び出し、二種類の電車を乗り継いで、港区にある永正大学の最寄り駅に着いた。

改札を抜けた時にはすでに待ち合わせ時間を十五分も過ぎていたので、待ち合わせ場所のカフェまで全速力で走った。

駅から三百メートルぐらいのところにあるカフェのドアを開けると、お店の一番奥の四人掛けの席に中川さんが座っているのが分かった。中川さんもわたしに気づき、大きく手を振ってくれた。

中川さんのそばに辿《たど》り着いてすぐ、遅刻を謝った。

「遅れて……ごめんなさい……」

呼吸が苦しくて、言葉が途切れてしまった。

「そんなに急ぐことなかったのに」

中川さんはそう言って、優しい笑みをわたしに向けてくれた。縁無し眼鏡の奥にある目が、とても暖かそうに見える。

「立ってないで座ってよ」

「はい」とわたしはうなずいて、カバンを足元に置き、中川さんの向かいの席に座った。

綺麗《きれい》な黒髪をうしろでひとつに束ねているウエイトレスのお姉さんに、カフェオレを注文した。

「迷わずに来れた？」と中川さんが訊いた。

「はい。まえに一度、彩子さんと一緒に大学に来たことがあって、その時に偶然ここに入ったことがあったんです」

彩子さんの名前を出すと、中川さんの陰りのない顔が少しだけ曇った。

「中川さんに初めて会ったのも、その時です」

わたしがそう続けると、中川さんは、そうだったんだ、と言って、すでに注文してあったコーヒーに口をつけた。

三ヵ月まえのある日、わたしと彩子さんは夏休みでほとんど人のいない大学のキャンパスを散歩した。セミが校舎の壁に貼りついて、大きな声で鳴いていたのをおぼえている。夏の日差しにキラキラと光る白いシャツを着た彩子さんは、時々眩《まぶ》しそうに目を細めながら空を見上げていた。散歩のあと、わたしと彩子さんはおいしいイタリア料理を食べに行った。その日はわたしの誕生日だった。中川さんとは、散歩の途中にキャンパスの中で偶然会って、彩子さんに簡単に紹介してもらった。中川さんと彩子さんは法学部の同級生で、一年生の頃からの友だちということだった。彩子さんは中川さんのことを、すごく頼りになる人、と言っていた。

中川さんはコーヒーカップをテーブルに戻して、言った。

「僕のほうから佳奈子ちゃん——、ごめん、佳奈子ちゃんて呼んでいいかな？」

ちゃん付けで呼ばれるのはあまり好きじゃなかったけれど、中川さんに呼ばれるのは不快じゃなかったので、ぜんぜんかまわないです、と答えた。中川さんは冗談ぽく、サンキュウ、と言って、続けた。

「僕のほうから佳奈子ちゃんの都合のいいところに出向いてあげたかったんだけど、いますごく忙しくてね」

「どうしてですか？」と思わず訊いてしまった。中川さんには人を気安くさせる磁力みたいなものがあった。

中川さんは気にする様子もなく、答えてくれた。

「今月の二十四日から開かれる学園祭の実行委員長をやってるんだ。うちの大学の学祭は規模がハンパじゃないから、やることがあとからあとから出てきて、家にもほとんど帰ってないよ」

中川さんの顔に、苦笑いと一緒に疲れが浮かんだ。確かに《永正祭》は毎年ニュースに取り上げられるほど有名で、四日間の開催期間中には数万人の来場者が訪れるというのを聞いたことがあった。

「でも」と疲れを振り払うように少しだけ声のトーンを上げ、中川さんは続けた。「僕にとって大学最後の年の行事だし、ほかの四年生たちにもいい思い出を持って卒業していって欲しいから、倒れて起き上がれなくなるまではがんばるつもりなんだ」

言葉の端々に誠実さが滲《にじ》み出ていて、彩子さんが中川さんを信頼していた理由が分かるような気がした。

さっきのウエイトレスのお姉さんがやってきて、カフェオレをテーブルに置き、去っていった。

カフェオレのカップを手にした時、ふと思いつくことがあったので、わたしは言った。

「だから名刺を作ってるんですね」

中川さんは、さすがに頭の回転が速いね、と言い、感心したように微笑んだ。日曜日のお通夜の時に久し振りに会った中川さんは、落ち込んでいるわたしを見て、なにか相談したいことがあったら遠慮なく連絡してきて、と言い、名前と電話番号とメールアドレスの入った名刺を渡してくれた。そして、わたしはその翌日には電話をし、今日こうして会ってもらうことにしたのだった。

「スポンサーを確保したり、パンフレットに広告を載せてもらうために企業とかをいくつもまわらなくちゃならないから、名刺は必需品なんだよ。だから、委員長っていうより、営業マンていう肩書きのほうが真実に近いかな」

中川さんがおどけるようにそう言った時、テーブルの上に置いてあった中川さんの携帯電話が鳴った。着メロは『ワルキューレの騎行』だった。中川さんは携帯を手にしてディスプレイを確かめたあと、なにかのボタンを押し、ワーグリーの旋律を消した。

「悪いんだけど、あんまりゆっくりもしてられないから」中川さんは携帯をテーブルに置きながら、言った。「相談て、なに？」

わたしはカフェオレのカップをテーブルに置き、背筋をきちんと伸ばして、言った。

「彩子さんのことなんですけど」

中川さんの顔が、また曇ってしまった。当然だ。彩子さんが死んで、一週間も経ってないのだ。でも、だからこそ、わたしは言わなくてはならなかった。

「彩子さんはたぶん、自殺したんじゃないと思うんです」

中川さんの顔に驚きの色は浮かばず、代わりに疲れの色が濃く浮き出た。中川さんは、深い深いため息をついて、言った。

「いま大学に行ったら大変だよ。下衆《げす》なマスコミたちが学校を取り囲んで、なんか下世話なネタはないかって荒らしまわってるんだ。まあ、マスコミの気持も分からなくはないけどね。見目麗しく優秀な女子大生が校舎から謎の飛び降り自殺をしたんだから」

少しトゲのある言い方に驚いて、わたしが言葉を出せずにいると、中川さんは申し訳なさそうな顔で、言葉を続けた。

「ごめん。ちょっとイライラしてて。実は、彩子ちゃんの事件があって、学園祭が中止になりかかってるんだ。どうにかそのまま開催できないかって、がんばってるんだけど……」

「そうなんですか……」

中川さんの気持は分かるけれど、わたしには学園祭より彩子さんのことのほうが大事だった。わたしはひとつ短い息をついて重い気持を振り払い、続けた。

「お通夜が少し遅れたのも、警察がなにか調べてるからだって聞きました」

「それは違うよ。監察医の検死があったからなんだ。不自然死の場合は必ず執り行われることになってるんだよ」

「詳しいんですね」

「これでも一応法学部だからね」

彩子さんの葬儀と告別式は、当分のあいだ行われないことになっていた。お母さんが彩子さんの死に納得してないからだと聞いた。そして、わたしも。

「でも、わたしは絶対に自殺じゃないと思うんです。なのに、いまわたしが黙ったままでいたら、うやむやになっちゃう気がして……」

中川さんはわたしの目を覗《のぞ》き込むようにして、訊《き》いた。

「佳奈子ちゃんはどうして自殺じゃないって思うの？　なにか確かな証拠でもあるの？」

「確かな証拠はないですけど……」

「それじゃどうして？」

「彩子さんと約束してたことがあったんです。彩子さんが約束を守らないまま死んじゃうなんて信じられないんです。彩子さんは守れない約束は絶対にしない人なんです」

　中川さんは困ったように顔をしかめて、言った。

「悪いけど、僕にはそのことに関しては答えようがないよ。佳奈子ちゃんと僕に見えてた彩子ちゃんの人間像はそれぞれ違うだろうし」

　見えていた、っていう過去形になんだか頭にきて、わたしは少しだけ強く言った。

「彩子さんは誰かを区別してキャラを変えるような人じゃないです。絶対に」

　中川さんは眼鏡を外し、まぶたを軽く揉《も》みながら、訊いた。

「ちなみに、約束ってなんだったの？」

「それは……」

「言いにくいこと？」

　わたしが言おうかどうか迷っていると、中川さんは眼鏡を掛け直し、深い深い深いため息をついた。

「こんなことを訊くのもなんだけど、自殺じゃないって言い張るなら、死んだ原因はなんだと思ってるの？」

「……誰かに突き落とされたとか」

「誰か、って誰？」

「…………」

「佳奈子ちゃんの気持は分かるけど、そんなふうに思うこと自体が彩子ちゃんの名誉を傷つけるんじゃないかな。僕たちだけは彩子ちゃんを静かに送って――」

「わたし」中川さんの言葉を遮った。「知ってるんです」

「なにを？」

「彩子さんが不倫して悩んでたこと」

中川さんは一瞬複雑そうな表情を浮かべ、言った。

「それは本当？　僕にはそんなふうには思えなかったけど」

「中川さんこそ、どうしてそう思うんですか？」

「僕と彩子ちゃんは同じゼミだったし、仲も良かったから、お互いのことはよく話し合ってたんだ。でも、彩子ちゃんはそんなことは言ってなかったし、そんなふうにも見えなかったよ」

「中川さんは男の人だし、言いにくかったのかも」

「これは彩子ちゃんの名誉のために訊くんだけど」中川さんは真剣な眼差《まなざ》しで、言った。

「彩子ちゃんが不倫してた証拠はあるの？」

わたしがうなずき、足元のカバンを膝《ひざ》の上に置いて、中からあるものを取り出そうとした時、またワルキューレが鳴り響いた。中川さんは携帯のディスプレイを見て軽く舌打ちし、ちょっとごめん、と言って席を立ち、カフェの外に出ていった。

五分ぐらいして、中川さんが席に戻ってきた。中川さんの雰囲気は、さっきと明らかに違っていた。目の色が少し冷たくなったような気がした。わたしのことを持て余してるのかもしれない。

中川さんは冷めたコーヒーをまずそうな顔で飲み、言った。

「で、なんだったっけ？」

わたしはカバンの中から《証拠》を出すのを諦《あきら》め、その代わりに、もういいんです、という言葉を差し出した。中川さんは少しのあいだ沈黙したあと、腕時計をちらっと見て、言った。

「警察に口止めされてるから、本当は言っちゃいけないことなんだけど……」

「なんですか？」

「彩子ちゃんが飛び降りた時、僕はその場にいたんだ」

「え？」

「あの日、僕と彩子ちゃんはゼミの谷村教授に一緒に卒論の指導を受けてたんだ。彩子ちゃんは初めからぼんやりした感じで、なんか変だな、とは思ったよ。でも、まさか彩子ちゃんが急に窓際のほうに歩いていって、窓を開けて、僕たちのほうを振り返りもしないで――」

中川さんはそこから先を思い返すのがつらいのか、言葉をやめて、うつむいてしまった。

「ごめんなさい。わたし、ぜんぜん知らなくて」

「謝らなくてもいいよ」中川さんは顔を上げ、言った。「佳奈子ちゃんの気持は本当によく分かるし。僕も、彩子ちゃんに不倫相手がいて、そいつが彩子ちゃんを邪魔に思って突き落としたとか、そんなふうにはっきりと敵が見えてたらこんなに苦しくないんだ。彩子ちゃんは、僕に永遠に解けないなぞなぞを出したまま、いなくなっちゃったんだ……」

わたしは視線を中川さんの顔から、ほとんど残ったままのカフェオレに移した。自分の軽率な言動が疎ましかった。

「もしかしたら、彩子ちゃんは不倫をしてたのかもしれない。それに、そのことで悩んでたのかもしれない。でも、彩子ちゃんの死の原因は間違いなく自殺だよ。神に懸けて誓うよ」

神様なんていない。でも、中川さんの言葉は信じることにした。わたしは視線を中川さんの顔に戻して、言った。

「分かりました。お忙しいのに煩わせてしまって、すいませんでした」

中川さんは久し振りに微笑みを浮かべ、首を横に振った。

「気にしないでよ。永正祭が終わったら、ゆっくり話でもしよう。そうだ。永正祭に遊びに来てよ。彩子ちゃんの供養と思って、僕はがんばるつもりだからさ。そのためにも中止にならないように、祈っててくれよ」

はい、と返事をして、帰るために席を立とうとすると、中川さんはわたしを引き留めた。

「コーヒーをもう一杯飲みたいから、そのあいだだけつきあってくれないかな」

わたしはうなずき、席に座り直した。

お代わりのコーヒーを注文したあと、中川さんは一言も喋《しゃべ》らず、テーブルの上に置いてある携帯電話にちらちらと視線をやっていた。沈黙が気まずかったので、わたしは訊いた。

「中川さんは大学を卒業したら、どうなさるつもりなんですか？」

「大学院に上がるつもりだよ。もうちょっと法律の勉強をするつもりなんだ」

また沈黙が流れた。わたしはまた訊いた。

「大学院のあとはどうなさるつもりなんですか？」

「そこから先ははっきりとは決めてないな。でも、三年の時に司法試験に合格してるから、そっちの方向に進んでもいいかな」

「すごいんですね」

わたしがほんとに感心していると、中川さんは誇らしげに微笑み、言った。

「ただ勉強が得意なだけだよ。僕は平凡な家庭で育ってるし、ほかに誇れるようなこともないから、ここを使ってがんばっていくしかないんだ」

中川さんは右手の人差し指で、自分のこめかみを指した。その時の中川さんの眼鏡の奥の目は、強い光を放ってるように見えた。

ウエイトレスのお姉さんがやって来て、コーヒーをテーブルに置こうとしている時、ワルキューレが鳴った。中川さんは携帯電話の着信画面を確認すると、伝票をつまんで席を立ち、言った。

「もう行かなきゃ。つきあってくれてありがとう」

ウエイトレスのお姉さんは手にコーヒーカップを持ったまま、不思議そうな表情を浮かべた。

カフェのまえで中川さんと別れ、帰りの電車に乗った。

中川さんの話を聞き、頭では納得がいったけれど、心はまだきしんだ音を立てていた。たとえるなら、「2÷2」という設問の答えに「1」という数字を書き込んだのに、不安がよぎるようなものだ。こんなことはこれまでなかった。頭で考えて、きらんと割り切れないことなんてなかったのに。それにしても、彩子さんはどうして自ら死を選ばなくてはならなかったんだろう？　わたしがその理由を知ることは永遠にないのだろうか。

家の最寄り駅に着いた時には、午後六時を少しまわっていた。秋が深くなっていっているせいか、ここのところ日が暮れるのが早くなっていた。改札を出ると、街はラピスラズリみたいな紺色に染まっていた。

どこにも寄り道せず、家に向かって歩いた。

風は凪いでいるけれど、少し肌寒さを感じた。冬はもうそこまで来てるのかもしれない。

横断歩道の赤信号に捕まって足を止めた。渡った先にある工事現場を見ると、なにかが変わっているとすぐに気づいた。朝まではためいていた抗議の旗が、すべてなくなっていたのだ。パパが言ってた世の中の仕組みが、うまい具合に機能した結果なんだろうか？

信号が青に変わったので横断歩道を渡り、なんだか割り切れないものを感じながら、人気のない工事現場のまえを通り過ぎようとした時だった。

背後からなにかが伸びてきて、わたしの口をすっぽりと覆った。それが誰かの手であることに気づくのに、そんなに時間は掛からなかった。

明らかに悪意のこもった手の持ち主は、わたしを自分のほうにぐいと引き寄せたあと、わたしの耳に口を寄せ、大切な宝のありかを教える時みたいな囁《ささや》き声で、言った。

「暴れるな。暴れたら、首の骨を折ってやるぞ」

3

基礎工事が始まったばかりの工事現場は、SF映画の中に出てくる核戦争後の廃墟《はいきょ》みたいだった。夕闇の中で見る、幾重にも組み合わさった剝《む》き出しの鉄骨はひどく不気味で、わたしを閉じ込める巨大な檻《おり》のように思えた——。

というのは、あとから思い返した時に考えた情景描写で、工事現場に無理やり引きずり込まれ、奥のほうへと連れて行かれている時のリアルタイムのわたしは、まわりの風景なんかにはまったく目がいかず、ただひとつのことだけを繰り返し繰り返し思っていた。

神様、助けて！

神様なんていない。でも、許して欲しい。状況は本当に絶望的で、神様にすがるしかなかったのだ。わたしを襲ったのは一人ではなく三人で、それも、どいつもこいつもががっしりした体の連中だった。連中の目的は分からなかったけれど、とにかく、これから起こることは、聞いて聞いて今日こんなことがあってさー、なんて夜の電話で友だちに話せる種類のものでないのは分かっていた。いや、生きてまた友だちに電話をかけられるものなら、話してしまってもいいけれど。

助けに来てくれない神様に見切りをつけて、自力でどうにかしようと、勇気と力を振り絞り、手足をばたつかせた。わたしの横にいた男が、わたしの脇腹を思い切り殴った。鈍いけれど、焼けつくような痛みがおなか全体に広がり、手足を動かすどころか、自力で立っている余裕さえも失くしてしまった。それに、いっそ死んでしまいたくなるぐらいに息が苦しい。いや、やっぱりやだ。死にたくない。

わたしの口を押さえている男がうしろからわたしの体を支えつつ、またわたしの耳に口を寄せ、言った。

「おとなしくしてろって。いい子にしてりゃ、そんなに痛くはしねぇからよ」

わたしの胸のあたりにあった男のもう一方の手に、違う意図の力がこもったのが分かった。泣きたい、なんて思ってないのに、目から涙がこぼれ落ちた。絶望と涙腺《るいせん》は直結しているのかもしれない。

さらに奥へとわたしを引きずっていっていた男の足が、急に止まった。両隣を歩いていた仲間の二人の足も。

とうとう《その時》がやってきたと思ったわたしは、無駄だと知りつつも、胸の中でもう一度叫んだ。

神様、助けて！

その声に応《こた》えるように、わたしの口を押さえている男が、言った。

「おまえら、どっか行け。消えろ」

おまえら？

その単語が意味するものをきちんと呑《の》み込むまでに、ほんの少しだけ時間がかかった。

こんな感じで。

《おまえら↓おまえの複数形↓最低でも二人以上の人↓わたしは一人↓わたしに向けられた言葉じゃない↓ということは……》

誰かがいる！

わたしは目を大きく開け、まえを見つめた。五メートルほど先の行き止まりに、四つの人影が見えた。量の乏しい照明の光が人影に当たっていて、わたしにはそれが四人の救世主を讃《たた》える天からの光明みたいに見えた。

作業着らしい汚れた服を着た救世主たちは、打ちっ放しのコンクリートの壁を背にして地べたに座り、煙草を吸っていた。四人が煙を吸い込むたびに、火種が薄い闇の中で一際赤く灯《とも》った。

「こっちの用はすぐ済むから、どっか行ってろって」

わたしの脇腹を殴った男が、明らかな敵意を含んだ声で言った。

それにしても、人数で負けているのに、この連中の余裕はいったいどこからくるんだろう？

わたしのカバンを抱えている残りの一人が、初めて口を開いた。

「おまえらにはなにもしねーからよ。びびってねーで早くおうちに帰れって」

四人の救世主たちが、連中の指示を鵜呑《うの》みにしないことを願った。

十秒ほどの沈黙が流れた。

わたしにとっては、永遠にも等しいほどの十秒。

一番右端の救世主が煙を吐き出しながら、声を上げた。

「ねえ、君。その制服って聖和女学院のだよね？」

わたし？

わたしに訊《き》いてるの？

この状況で、なおかつ、口を塞《ふさ》がれてるわたしに？

でも、わたしの存在をきちんと認識してもらっていることが奇跡のように思えて、わたしは慌てて首を縦に何度も振った。

四人の救世主たちは顔を見合わせたあと、やれやれといった感じでため息をつき、同時に煙草を投げ捨てた。ただし、一番左端の救世主は壁に投げた煙草が跳ね返って戻ってきて火種が首筋に当たり、ぬおっ！　という短い悲鳴を上げた。

「おまえらはいいよ」最初に立ち上がった救世主が、ほかの三人に向かって言った。「こんなクズ連中、俺一人でいけるって」

わたしの背後から、むせるような濃い気が伝わってきた。これが殺気というやつ？

わたしの口を押さえている男が突然わたしの体を、脇腹を殴った男に向かって突き放した。わたしの体は、脇腹を殴った男の腕の中にすっぽりと収まった。

「逃がすなよ」

口を押さえていた男はそう言うと、準備体操のつもりなのか、首をぐるりとまわした。コキコキという音が鳴る。最初に立ち上がった救世主は落ち着いた様子で、右の眉《まゆ》のあたりをポリポリと掻《か》いていた。わたしの心臓はバクバクという音を鳴らしていた。

「いますぐ素直におうちに帰ったら、許してやるよ」最初に立ち上がった救世主が、首のまわりに巻いていたタオルをほどきながら、言った。「俺はここんとこ機嫌が悪いんだ。手加減できねぇぞ」

口を押さえていた男は、ふっと鼻で笑ったあと、最初の救世主を襲うためになんの躊躇《ちゅうちょ》もなく飛び込んでいった。

ほんの一瞬の出来事だった。

口を押さえていた男が最初の救世主まであと二メートルほどに近づいた時、救世主が手にしていたタオルを男の顔に向かってふわりと投げると、視界を失った男は反射的に足を止めてしまった。男が空中に漂っているタオルを手で払いのけた時にはすでに、救世主は恐ろしいほどのダッシュのスピードで男の目のまえまで辿《たど》り着いていた。救世主はブレーキをかけることなく男の懐に入り込むと、額《おでこ》を男の鼻のあたりに叩《たた》きつけた。

ゴン！　という厚釜《あつがま》の底をスリコギで思い切り叩いたような音が鳴り響いた。と同時に、男は突然すべての糸を断ち切られたマリオネットみたいに、あっという間に地面に崩れ落ちた。わたしを捕まえている男が、ああっ、という情けない声を上げた。きっと百パーセント予想のつかない展開だったんだろう。

最初の救世主は、意識を失くして足元でぐったりと倒れている男から視線を外し、残りの二人の男を交互に見た。わたしを捕まえている男の手が小さく震えている。その気持はよく分かった。救世主の視線がこっちに向いた時、わたしの背中も反射的に震えたのだ。救世主の切れ長の目からは、科学では決して解明できない攻撃ビームが出ていた。

間違いない。わたしを襲った男たちは、たとえそれが偶然であれ、誤った男を敵にまわしてしまったのだ。

最初の救世主が、ゆっくりと口を開いた。

「もう無事でおうちには帰れねぇぞ」

救世主が動いた。

わたしに向かって、まっすぐに突っ込んでくる！

思わず目をつぶってしまったわたしの背後から、ぎゃっ、という悲鳴が上がった。それと同時に、わたしの体にまとわりついていた男の腕が解《ほど》け、自由になった。

「どいてろ」

最初の救世主の声に導かれ、目を開けた。救世主はわたしの両肩を摑《つか》んで、残りの救世主たちがいるほうへと強く押した。わたしは足をよろめかせながらも、どうにか倒れずに最前線から逃げることができた。

わたしを捕まえていた男は両手で目を押さえ、苦しそうにもがいていた。最初の救世主が右足の爪先《つまさき》を、男の股間《こかん》に素早く伸ばした。そして、どすん、という音。男は股間を押さえてひざまずいたあと、口の端から泡を吹きながら力なく背後に倒れていった。

最初の救世主が、わたしのカバンを抱えている男のほうを見た。

カバンを抱えている男は、ボロボロになって倒れている二人の仲間を確認し、恐る恐るといった感じで救世主に視線を戻した。息がひどく荒くなっていて、肩が上下に動いている。

「待ってくれ」とカバンを抱えている男が言った。

「待てるわけねぇだろ」と救世主が応えた。

「違うんだ」

「なにが違うんだよ？」

「俺たちは頼まれたんだ」

「かよわい女を強姦《ごうかん》しろ、ってか？」

「違う！　カバンを盗《と》って来いって言われたんだ」

「わざわざ工事現場の奥に引きずり込んでか？」

「それは……」

「うっとうしいよ、おまえ」

　また救世主が動いたのと、わたしが、待って！　と叫んだのは、ほとんど同時だった。もちろん、間に合うはずはなかった。救世主は残像も現れないような速さでカバンを抱えた男の元に駆け寄り、体を少しだけ沈み込ませながら、左のパンチを男の顔に見舞った。バシッという音とともに、男の体がうしろのほうにのけぞる。救世主はあっという間に男の背後にまわり込み、男の後頭部を鷲掴《わしづか》みにしたあと、そばにあったコンクリートの壁に男の顔を思い切り押しつけた。

ガツン！

わたしは思わず目をそむけた。

どさっという音がしたので視線を戻すと、初めに目に飛び込んできたのは薄い闇の中でもはっきり分かるぐらいに壁についている血のあとだった。男の姿を探して視線を下ろすと、男は壁に顔をもたせかけるようにして、正座をした形で地面に崩れ落ちていた。わたしのカバンはしっかりと抱えたままだった。あっという間のことで、離す暇もなかったんだろう。

最初の救世主は男の脇からわたしのカバンを抜き取り、わたしのほうへ歩いてきた。一瞬身構えたけれど、救世主の目からさっきまで出ていた攻撃ビームが消えていたので、緊張を解いた。救世主から無言で差し出されたカバンを受け取った。

「ありがとうございました」

わたしは反射的にお礼を言って、軽く頭を下げた。

最初の救世主は、めんどくさそうな声で、あぁ、と応えた。目が少しだけ悲しそうに見えた。自分がしたことを悔いている感じだった。

わたしと最初の救世主のそばを残りの三人の救世主たちが通り過ぎ、一人ずつ倒れている男たちのところに向かった。三人は男たちの服を探り、なにかを見つけようとしていた。

「南方、こいつら、いつも動いてる連中だぞ」

最初の救世主が、一番右端にいた救世主に向かって言った。南方と呼ばれた救世主は、わたしの口を押さえていた男の体を探っていた。

「この体つきからすると、アメフトかラグビーってところかな」と南方が、応えた。

「そんなとこだな」最初の救世主が応えた。

あった、と言って、南方が男のズボンのポケットから財布を取り出し、中を探り始めた。救世主と思っていた連中が、ノックアウト強盗に変身するのを見てショックを受けていると、最初の救世主が、そんなんじゃねぇよ、と独り言のように言った。攻撃ビームを出せるし、人の心も読めるんだろうか？

南方は財布の中から小さな紙切れを抜き出すと、財布を地面に捨てた。

「こいつは、永正大学商学部一年の麻生君らしいよ」南方が紙切れを見ながら、言った。

ほかの男たちを探っていた二人の救世主たちがそれぞれ、こっちの二人も同じ大学の連中だよ、と声を上げた。

南方が立ち上がり、わたしと最初の救世主のところにやってきた。

「なんか事情がありそうだね」南方がわたしの顔色を窺《うかが》いながら、言った。「さっきは、待って、って叫んだし」

わたしが戸惑っていると、南方はそれ以上なにも訊《き》かず、優しい微笑みを向けてくれた。ほかの男たちを探っていた救世主たちがやってきて、二枚の学生証をそれぞれ南方に手渡した。間近で見ると、みんなは思っていたより若かった。わたしと歳はそんなに違わないのかもしれない。

「さてと」と南方は言って、三人の救世主たちの顔を見まわした。「とりあえずここからずらかりますか」

救世主たちはさっきまでいた行き止まりにそれぞれのバッグを取りに行ったあと、わたしのところへ戻ってきた。

「行こうか」と南方がわたしに言った。

ほかに選択の余地がなかったわたしは、素直にうなずいた。

救世主たちのあとについて歩き始めると、火種が首にぶつかった救世主が、倒れている男につまずいて、うおっ、という叫びを上げながら、前のめりに倒れた。最初の救世主は、それが当たり前のように戻ってきて、転んだ救世主を助け起こした。

「ありがと」転んだ救世主は、最初の救世主に言った。

救世主たちがまた早足で歩き始めた。置いていかれないように、小走りで彼らのあとを追った。南方の隣に並んだわたしは、思わず訊いてしまった。

「あなたたちは何者なんですか？」

南方は笑いながら、答えた。

「俺たちはただの高校生だよ。いまは停学中だけどね」

工事現場を覆っているビニールシートを潜り抜け、ようやく工事現場から脱け出せた。鉄骨のない空が広い。

神様はいるのかもしれない。

空から視線を戻し、わたしのそばにいる四人の救世主を見た時、そう思った。

4

家から歩いて三十分ぐらいのところにある、国道沿いのファミリーレストランに入った。入ってすぐに店内の公衆電話でママに電話をして、小学校時代の友だちとばったり会ったからご飯を食べて帰る、と嘘をついた。

「寄り道なんて珍しいわね」とママは言った。「遅くなるようだったら、駅まで迎えに行ってあげようか？」

「ありがとう。でも、だいじょうぶ」

さっき経験したようなことは、当分は起こらないだろう。たぶん。

「気をつけるのよ。じゃあね」

そう言って電話を切ったママの声が耳に優しくて、思わず涙が浮かんでしまった。涙が引くまで電話をかけているふりをして過ごし、席に戻った。

入口から見て左端にある角の席は半円形のシートになっていて、四人の救世主たちはそのシートに並んで座っていた。混み合っている店内でも、救世主たちは独特の雰囲気を醸し出していて、かなり目立っていた。

わたしは、テーブルを挟んで向かいの木製の椅子に腰を下ろした。四人の顔が、目のまえにずらりと並んでいる。

「悪いけど先にオーダーしちゃったよ」と南方が言った。

「気にしないでください」と応《こた》え、テーブルにやってきたウエイターにオレンジジュースを注文した。

「さてと」と南方は言って、顔を優しげに崩した。「自己紹介がまだだったよね。俺は南方。南方熊楠《みなかたくまぐす》とおんなじ南方。たぶん分からないと思うけど」

「粘菌とかで有名な博物学者ですよね？」

四人の顔に、きさまはいったい何者だ？　と言いたげな表情が浮かんだ。それはわたしのほうが訊《き》きたいのに。

「さすが聖和の子だね」南方は賢そうな目を大きく広げながら、言った。「俺の隣にいるのが萱野《かやの》」

「はじめまして」萱野は濃い眉毛《まゆげ》を愛嬌《あいきょう》のあるふうに動かし、言った。「萱野茂《かやのしげる》とおんなじ萱野」

四人がわたしの顔をじっと見つめている。

「アイヌ初の国会議員の人ですか？」

四人が、おぉ、という声を上げた。

なんか変なクイズ番組みたいになってない？

「もしかして、新聞を隅から隅まで読むのが趣味？」と南方が言った。「萱野の隣にいるのが、山下」

「山下です」火種が首筋に当たり、敵につまずいて転んだ救世主が言った。

山下はなにを戸惑っているのか、口を開けたまま小動物のように黒目を落ち着きなくキョロキョロとさせていた。

「ごめん。たとえがなんにも浮かばないみたいだから、次に行くね」と南方がフォローして、言った。「一番はじが朴舜臣」

最初に立ち上がり、三人の敵をあっという間に蹴散《けち》らした救世主だ。朴舜臣はめんどくさそうに軽くうなずいただけだった。明るいところで見ると、右の眉尻《まゆじり》に縦に傷が走っているのが分かった。

「名前は変わってるけど、気にすることでもないから。俺たちは全員高三で、さっきも言ったけどいまは停学中の身だからあの工事現場で土方のバイトをしてたんだ。でもって、バイト終わりで一服してたら君が目のまえで襲われ始めたってわけ。で、君の名前は？」

「岡本佳奈子です」とわたしは言った。

山下がキラキラした目でわたしを見つめている。

やっぱりわたしもなにかたとえたほうがいいんだろうか？

わたしが迷っていると、タイミングよく注文したものが運ばれてきて、たとえはうやむやにすることができた。

ウエイターのトレイに載っているのはわたしのオレンジジュース以外、すべてチョコレートパフェだった。

「重労働のあとのチョコレートパフェは最高なんだよ」

山下が、スプーンに載った生クリームをなめながら、言った。みんな本当においしそうにパフェを食べていた。わたしがオレンジジュースを一口だけ飲んでテーブルに戻した時、南方が言った。

「さっきの連中に襲われた心当たりを話すつもりはある？」

わたしは少し迷って、言った。

「確信があるわけじゃないんです。さっき襲われたのも、偶然かもしれないし」

「どうして確信だとかそんなことを気にするの？」南方が不思議そうに言った。「俺たちは警察でもないし裁判官でもないんだよ。岡本さんが感じたり思ったりしたことをそのまま話せばいいんだ。俺たちはそれを聞いて、俺たちの耳で正しいか正しくないかをきちんと判断するから」

四人はいつの間にかパフェ用のスプーンを置いて、わたしのことをしっかりと見ていてくれた。みんなの顔を見た。みんなすごく頼もしい顔をしていた。山下の顔はちょっとウォンバットに似ていて、面白かったけれど。

わたしの体の奥のところで、なにかが溶け始めたのが分かった。いまごろになってさっきの恐怖が蘇《よみがえ》って体が震え、目からは涙が次から次に溢《あふ》れ出た。南方がおしぼりを渡してくれたので、それで頬を拭《ふ》きながら、しばらくのあいだ泣き続けた。四人はパフェを食べながら、わたしが泣き終わるのを黙って待っててくれた。家族連れが隣のテーブルに座り、お母さんは小学生ぐらいの子供に、見ちゃだめっ！　と低い声で叱っていた。

山下が最後の楽しみで残しておいたミニサイズのバナナを床に落とし、哀しそうに潤んだ目でわたしを見たのをきっかけに、わたしは笑い、ティッシュを取り出して鼻をかんだあと、今日一日のことを四人に話し始めた——。

「うーん」

南方がうなった。

「さっきの連中に《証拠》を盗《と》ってくるように指示を出したのは間違いなく中川だと思うんだけど、なんかおかしいな」

四人には、わたしと彩子さんの関係を話し、わたしが持っている《証拠》も見せた。念のために、彩子さんとわたしが交わした《約束》も話しておいた。

「なにがおかしいの？」と萱野。

「ちょっとやり過ぎじゃないか？」と南方。「上原さんが不倫をしてたかどうかも分からないのに、岡本さんを襲わせてその証拠を奪い取ろうとするなんてさ」

「学園祭が中止になるような噂の元は徹底的に排除しようと思ったんじゃないの？」と萱野。

「それにしてもなぁ」と南方。

「難しく考えることはねぇよ」と朴舜臣。「中川が上原さんの不倫を知ってたんだよ。だから、念のために証拠を奪い取ろうとした」

「それだと分かりやすいんだけどね」と南方。

「でも」とわたし。「中川さん――、中川は彩子さんの不倫のことは知らないって言ってました」

「中川は信用できそうな奴？」と南方。

わたしは少しだけ迷って、答えた。

「わたしにはそんなふうに見えましたけど……。でも、いまはよく分かりません」

「岡本さん」と南方。「上原さんが不倫をしてたのは確かなのかな。さっき見せてもらった《証拠》じゃちょっと弱い気がするんだ」

「今年の夏のことなんですけど、彩子さんが初めて自分の恋愛について話してくれたんです――」

わたしの誕生日にイタリアンレストランで軽くお酒に酔った彩子さんは、初めて乱れた姿をわたしに見せた。

「その時に、自分はいま人には言えないような恋愛をしてるって。たくさんの人を裏切っているような気がしてつらい、って言ってました」

彩子さんはそのあとに、「このままじゃいけないから、どうにかするつもりなの。なんとか正しい方向に進めるようにがんばるつもりなの」と言って、無理に笑った。

「相手のことは言わなかった？」と南方。

わたしは首を横に振った。彩子さんは不倫相手に関してはなにも言わなかったし、わたしもあえて追及するようなことはしなかった。わたしは彩子さんの不倫の話にショックを受けたけれど、それよりも彩子さんがわたしを信頼して秘密を打ち明けてくれたことに小さな喜びを感じ、彩子さんの痛みを軽く受け止めてしまった気がした。後悔しても、もう遅いけれど。

「話を聞く限りでは、確かに不倫をしてたニュアンスだね」と南方。「じゃ、とりあえずは上原さんが不倫をしてたことにしよう。それに、中川が不倫を知ってたことにもしよう。でもって中川が、変な噂が立って学園祭が中止にならないように証拠を奪い取ろうとしたことにもして、話を進めるか」

「わかんないなぁ」と山下。

「なにが？」と南方。

「どうして上原さんが不倫して自殺したら、学園祭が中止になるの？　そんなの個人的な問題でしょ」と山下。

「そう言われればそうだな」と南方。「なんかいい感じだぞ。続けろ、山下」

「…………」と山下。

「どうしたの？」とわたし。

「プレッシャーに弱いんだよね、俺」と山下。

「マスコミが嗅《か》ぎまわってるってことは」と朴舜臣。「もしかしたら、なんか妙な噂があるのかもな」

「一番分かりやすい話はなにかな？」と南方は誰にともなく、訊《き》いた。

「上原さんが大学関係者と不倫してた」と朴舜臣。

「で？」と南方が先を促した。

「不倫相手が大学の中で力を持ってる奴で、それがばれると学園祭が中止になる可能性が出てくる」と萱野。

「いい感じ。で？」と南方。

「中川は不倫相手を知ってて、そいつと学園祭を救うために証拠を奪って握り潰《つぶ》そうとした」と朴舜臣。

「岡本さん」と南方。「上原さんが自殺した時に中川と一緒にいた奴の名前、なんだっけ？」

「確か——、谷村とか言ってました。二人が所属するゼミの教授のはずです」

「もしかして、ビンゴ？」と南方。「なんかそいつっぽいな。とりあえず、不倫相手を谷村ってことにして、話を続けよう」

「わかんないなぁ」と山下。

「なにが？」と南方。

「中川はなんで谷口のことを助けようとするの?」

「谷村だよ」と南方。「なんか弱みを握られてるとか?」

「わかんないなぁ」と山下。

「なにが?」と南方。

「中川が谷山に操られるのはありとしても、中川はどうしてさっきの連中を操れるの?」と山下。「中川って強そうな奴?」

「谷村です」とわたし。「中川はぜんぜん強そうじゃないです。頭も性格も良さそうな、典型的な優等生タイプの人です。学園祭の実行委員長だから、少しは力もあると思いますけど」

「さっきの連中も、谷村が操ってるのかもしんないぞ」と萱野。

「どういうこと?」と山下。

「こういうことだよ」と南方。「まず中川が谷村に連絡をする。岡本さんが不倫の《証拠》を持ってるみたいです、って。やばいと思った谷村がさっきの連中に指示を出した――、ってのが一番分かりやすいと思うけど、でも、岡本さんと中川が話してるあいだに慌ててさっきの連中を揃えて送り込むってのは、無理があると思うんだよ。谷村が手先をいっぱい抱えてる悪の組織の首領とかならいざ知らず」

「それじゃ？」と萱野。

「中川が初めからなにかあった時のために連中を待機させてて、指令を出した」と南方。

「たぶん、カフェから外に出てたあいだに連絡したんだよ。いまからすぐにカフェに来い、って。でもって、さっきの連中が中川と別れた岡本さんをカフェのまえから尾《つ》けて、人気の少なくなった工事現場のあたりで襲ったって感じじゃないかな。きっと」

いったんカフェを出て戻ってきた時、中川の雰囲気が急に変わったことを思い出した。それに、忙しいはずなのに、急にコーヒーのお代わりを頼んだことも。もしかしたら、さっきの連中が来るまでの時間稼ぎだったのかもしれない。

「だとしたら」とわたし。「どうしてそんなにわたしを警戒してたんでしょうか？　わたしと会う時点では、彩子さんの不倫のことを切り出されるなんて知らなかっただろうし」

「ふりだしに戻っちゃうけど」と萱野。「上原さんの死のことをあれこれ騒ぎ立てられて、学園祭が中止になるのがイヤだったから、念のために警戒モードにしておいた」

「わかんないなぁ」と山下。

「なにが？」と南方。

「学園祭って、そんなに大事？」と山下。「人が死んでも、乱暴なやり方で噂を揉《も》み消してでも、やらなきゃならないことなの？」

「このままじゃ堂々めぐりだな」南方が真剣な眼差《まなざ》しでわたしを見た。「岡本さんは、これから先どうしたい？」

「これから先ですか……」

まさかそんなことを訊かれるなんて思ってなかったので、答えは用意してなかった。南方は続けた。

「さっきの襲い方からすると、敵はかなりマジで来てると思うんだ。その対処法として一番簡単なのは、これを持って警察に行くこと」

南方がシャツのポケットから、さっき奪った学生証を取り出して、テーブルの上に置いた。

「警察沙汰《ざた》にすれば、さすがに連中もこれから先、そう簡単には岡本さんを襲えなくなるから、身の安全はとりあえず確保できる。ただし、その場合は岡本さんが襲われた本当の理由には辿《たど》り着けないかもしれない。中川がさっきの連中との関係をしらばっくれたら、それで終わりだからね。それに、正直、岡本さんの上原さんの不倫に関する話も、岡本さんの勝手な想像として受け取られる可能性のほうが高いからね」

南方の言ってることはよく分かったので、わたしはうなずきながら聞いていた。

「ほかにあんまり簡単な対処法じゃないものもあるんだけど、それも聞きたい？」

南方の目の光がさっきよりも増しているような気がした。わたしはとりあえず、うなずいた。

「俺たちにこの一件を預けてみる」

「え？」思わず声のトーンを上げて訊き返してしまった。

「俺たち、こう見えてもちょっとは頼りになるんだぜ」

「でも……」

「岡本さんの身の安全は俺たちが確保する」と南方は言った。「いや、正確に言うと舜臣が確保する」

朴舜臣はめんどくさそうに眉尻《まゆじり》の傷を掻《か》いていた。

「あれはやる気がある時の合図みたいなもんだから」と南方は言った。

わたしにはそうは見えなかったけれど。

南方は続けた。

「とりあえず動いてみて、岡本さんが想像してるとおり、上原さんの自殺が実は殺人だったなんて真相にぶち当たりそうだったら、俺たちは潔く手を引いて警察に事件を委《ゆだ》ねるよ」

殺人という響きを聞いて、夕方の恐怖が頭の片隅をかすめた。

もし——。

わたしは思った。

もし、彩子さんが自殺ではなく、誰かに突き落とされて殺されたとしたなら、彩子さんは本当に怖かっただろう。背中を押した誰かが本当に憎かっただろう。そして、誰かが動き出さない限り、彩子さんの思いが晴らされることはないだろう。お通夜で泣いていたお母さんの思いも。

南方はわたしの思いを感じ取ったのか、優しい声で言った。

「もともと俺たちはトラブルに巻き込まれるのが好きなんだけど、誰かの死を哀しんでる人の思いを利用してまで、トラブルを楽しもうとは思わないよ」

少しのあいだ、沈黙が流れた。みんなの顔は、心なしか沈んでいるように見えた。

「みなさんはだいじょうぶなんですか？」とわたしは訊いた。

「なにが？」と南方が訊いた。

「これから先、危険な目に遭っても」

四人がいっせいにへらへらと笑った。

「俺たちは」南方が代表するように、言った。「殺されても死なないから、だいじょうぶ」

もう一度、四人の顔を見た。頭で割り切るまえに、心が先に答えを出していた。わたしは、息をひとつ大きく吐いて、言った。

「それじゃ、よろしくお願いします」

四人はいっせいにいたずらっ子のように微笑んだ。

「でも」とわたしは留保をつけた。「もしこの中の一人でも危険な目に遭ったら、わたしはこれを持って警察に行きますから」

わたしはテーブルの上の学生証を手に取った。

「オーケー。約束した」南方がまた代表して言った。

いまから思えば、四人のいたずらっ子のような微笑みを見て、わたしは早めに気づくべきだったのだ。わたしが考える《危険》と、この連中が考える《危険》とが大きく違うことを……。

「さてと」と南方が言った。「それじゃ、とりあえずは噂から潰《つぶ》していきますか」

「どうする?」と萱野が訊《き》いた。

南方は少し迷ったふうに目を細め、わたしに訊いた。

「学園祭がいつ開かれるか分かる?」

「確か、中川は今月の二十四日からだって言ってました」

「あと二週間ちょいか……。もし学園祭が今回の事件のキーだとしたら、あんまり時間がないな」

「アギーに頼む？」と萱野が言った。

アギー？

何人《なにじん》？

「俺らで調べたいけど、仕方ないな。アギーだったら二、三日で調べてくれるだろ」と南方は言った。

「今回は短期決戦になりそうだね」と萱野が言った。

今回？

決戦？

わたしの不安を鋭く感じ取った南方が、不敵な笑みを浮かべながら、言った。

「だいじょーぶだいじょーぶ。まかせとけって」


ファミレスを出て、四人に家まで送ってもらった。

帰り道の途中で、わたしは訊いた。

「みなさんに連絡したい時はどうすればいいんですか？」

「明日から舜臣が送り迎えをするから、なんかあったら舜臣に言ってくれればいいけど」

と南方は言った。「でも、念のために俺の電話番号を教えておくよ」

南方はボストンバッグの中からボールペンを取り出し、歩きながらファミレスのレシートの裏に電話番号を書き込んだ。わたしも念のためにノートの切れ端に自宅の電話番号を書いて、南方に渡した。

レシートを受け取って番号を確かめると、普通の電話番号だった。

「携帯じゃないんですね」

「俺たちは全員携帯を持ってないんだ」

「いまどき珍しいですね。そういうわたしも持ってないんですけど」

四人はなぜか嬉《うれ》しそうな顔でわたしを見た。

「そういえば」わたしはあることを思い出して、言った。「わたしの制服を見てすぐに聖和って分かったみたいですけど、どうしてですか?」

南方はちょっとバツが悪そうにわたしから視線をそらして、言った。

「ちょっと知り合いがいてね。ところで、ひと月まえぐらいに聖和の学園祭があっただろ?」

「はい」

「楽しかった?」

「わたし、ちょうどその時に熱が出て休んじゃったんです。高校に入って初めての学園祭だったから、楽しみにしてたんですけど」

みんなはさりげない感じで目配せをし合った。

「学園祭がどうかしたんですか？」

「なんでもないよ」

南方は首を横に振った。なんだかわざとらしい感じだった。

「学園祭って言えば」とわたしはふと思い出して、言った。「わたしたちの学園祭に毎年侵入しようとする変態連中がいて、今年もそいつらをやっつけるのが大変だったって」

みんなは無反応だった。朴舜臣は眉尻の傷をポリポリと掻いている。

「ところで、みなさんはどうして停学になったんですか？」

「ちょっと喧嘩《けんか》をしちゃってね……」南方の声は消え入りそうだった。

「みなさんは、どこの高校なんですか？」わたしは誰にともなく、訊いた。

「東京の端っこのほうにある男子高だよ」萱野はわたしと視線を合わせないで、言った。

「言っても分からないと思うよ」

山下が念を押すように、うんうん、とうなずいた。

家のまえに着くと、朴舜臣が訊いた。

「家を出るのは何時だ？」

「七時四十五分ぐらいです」

「それじゃ、その時間にはここにいるから」

「分かりました」

わたしはみんなに頭を下げた。

「今日は本当にありがとうございました」

みんなは照れたように微笑み、じゃあな、と言って手を振りながら、駅のほうへと歩いていった。四つの背中が遠ざかっていくのを見ていると、少しずつ不安になっていった。みんなとはほんの数時間まえに初めて会ったばかりなのに、まるでむかしから頼りにしている友だちみたいに思えてきた。

四人が角を曲がったのをきっかけに、家に入った。

ただいまー、と言いながら、明かりが点《つ》いているダイニングに入っていくと、ママがテーブルに頬杖《ほおづえ》をついて、壁に掛かったカレンダーのほうをぼんやりと見ていた。わたしの声に気づかなかったみたいなので、もう一度言った。

「ただいまー」

ママは驚いたように肩を震わせ、わたしをオバケでも見るような目で見た。声の主がわたしだと分かると、ママは目を閉じて、大きく息を吐いた。

「びっくりしたー。ぼんやりしてたから」

ママはそう言って、椅子から立ち上がった。

「遅かったね。なんか飲む？」

わたしは首を横に振った。

「お風呂《ふろ》、沸いてるわよ」

「うん。先に着替えてくる」

部屋に戻りかけて、立ち止まった。

「どうかした？」とママが訊いた。

今日のことをママに話すべきかどうか迷ったけれど、ママはママでなにか心配事を抱えている気がしたので、やめにした。それに、わたしはもう十六歳で、すべてをママに打ち明ける歳でもないのだ。

「ううん、なんでもない」とわたしは応えた。「ママ、いつもお疲れ様」

わたしの言葉を聞いて、ママは眩《まぶ》しいものでも見るようにわたしを見たあと、薄い笑みを顔に浮かべ、言った。

「ありがとう」

お風呂に入ると、殴られたおなかのあたりが赤黒く変色して、少し腫《は》れているのが分かった。消えない痣《あざ》にならなきゃいいけど。

明日の準備を済ませて、ベッドにもぐり込んだ。

今日一日の緊張と興奮と恐怖がまだ体中に残っていて、なかなか眠りにつけなかった。寝返りを打った時にちょうど窓の外で車が停まる音がしたので、体を起こしてカーテンの隙間から外を眺めた。

ちょうどパパがタクシーから降りるところだった。目覚まし時計を見ると、もう午前一時をまわっていた。パパの帰りはここのところずっと遅くて、朝も擦れ違いが多いから、言葉を交わしても挨拶《あいさつ》程度の短さのものばかりだった。

またベッドにもぐり込んで、暗闇を見つめながら、思った。

パパはわたしが襲われたことを知ったら、会社を休んで守ってくれるかな？

暗闇に、パパではなく四人の救世主たちの姿が浮かんだ。

あの連中なら、きっと守ってくれる——。

それは、数式とか文法とか公式とか理論とか、そういったものに決して当てはめられない本能的な確信だった。

頭の奥のほうで、ゆっくりと眠りの波が立ち始めた。徐々に波が大きくなっていくにつれて、救世主たちの顔が一人一人順番に消えていった。最後に残ったのはウォンバットのような山下の顔で、わたしは薄れてゆくかすかな意識の中でクスクスと笑った。

わたしは生まれて初めてのタフな一日を、笑いながら終えた。

5

十一月の二番目の金曜日、わたしは生まれて初めてクラスでのシカトを体験し始めていた。

朝の挨拶《あいさつ》をしても誰も応《こた》えてくれなかったし、ほかの用件で話し掛けても、みんな、知らない、と言って、ぷいと横を向いてしまうのだ。それに、毎日お昼ご飯を一緒に食べるクラスで一番仲がいい咲子ちゃんと絵里ちゃんが、昼休みに机にやってこなかった。以前、同じクラスの女の子が男の子とつきあい始めたのがばれて、シカトをされた時の状況とそっくりだった。

わたしの学校は中高一貫教育で、ほとんどの生徒が六年間を女だけの環境で過ごすのだけれど、その反動で恋愛願望の強い子が異常に多い。恋愛願望とは言っても、いつか白馬に乗った王子様が金髪をなびかせながら現れる、というレベルの想像をしてみんなでキャーキャー言うのを楽しんでるのであって、実際に生身の男の子が近くにいると、バリヤーを張ってしまうのだ。なぜなら、恋愛と勉強は両立しないと思ってるし、それに、みんな理想が高くて、身近で見つかるような出会いを望んでないところがあった。簡単に言ってしまえば、みんなマジメでオクテなのだ。

わたし？

わたしはカッコいい男の子を見れば、カッコいいなぁ、と思う程度で、これまで誰かとつきあいたいと思ったことはなかった。そもそもこれまで男の子との出会いがほとんどなかったし、それに、勉強をするのでせいいっぱいだったのだ。パパとママの期待を裏切って、二人を悲しませたくなかったから。そんな勉強ばかりしてるわたしを見て、彩子さんがある約束をしてくれたのだけれど、それが叶《かな》うことはなかった。

とにかく、男の子とほとんど無縁で過ごすわたしたちにとって、仲間の誰かが抜け駆けするように男の子とつきあうことは、暗黙のルールを破る《裏切り者》と見なされてしまうのだ。その暗黙のルールが正しいかどうかは別にして、わたしはルールを破ったおぼえがなかった。でも、破ったと誤解されるようなおぼえはあった。

五限目が始まる少しまえ、わたしがみんなの冷ややかな視線と、ひそひそ話の気配に耐えながら授業の支度をしてるところに、咲子ちゃんと絵里ちゃんがやって来た。わたしはほっとして、咲子ちゃんと絵里ちゃんに笑みを向けた。でも、二人は笑い返してくれなかった。

「どうして話してくれなかったの？」と咲子ちゃんが言った。

「え？」とわたしは訊《き》き返した。

「ひどいよ」絵里ちゃんはショックを受けたような顔で、言った。「友だちだと思ってたのに」

わたしがどう対応していいか困っていると、始業のチャイムが鳴った。クラスで一番仲がいいはずの咲子ちゃんと絵里ちゃんは、ぷいという感じでわたしから視線をそらし、それぞれの席に戻っていった。工事現場で襲われてからまだ二日しか経ってないわたしの心には、かなり堪《こた》えた。

担任の南田が教室に入ってきて、教壇にのぼった。南田はいつもの癖で、クラスを無言で見まわした。わたしのところで視線が止まったような気がした時、嫌な予感がして心臓がドンドンと胸を叩《たた》き始め、まだ痣《あざ》が消えてないおなかのあたりが、ズキッと痛んだ。

「岡本さん」

「はい」と応えたわたしの声は、少しかすれていた。

「顔色が悪いですけど、だいじょうぶですか？」

たとえ顔が緑色になっていようと、だいじょうぶと答えるつもりだった。

「はい。だいじょうぶです」

南田は小さくうなずいたあと、授業を始めた。


早足で正門を通り抜け、駅に向かって五十メートルほど歩くと、いつの間にか朴舜臣が隣にいた。みんなの誤解の元だ。

「離れて歩いてよ」わたしはきつい口調で言った。

「なんかあったのか？」

「あんたのせいでクラスでシカトされてるのよ」

朴舜臣は鼻で笑った。

「おまえがクラスの連中をシカトしてやれよ」

もしかしてこういうのをコペルニクス的転回というのかしら？　それとも、ただの屁理《へり》屈《くつ》？　どちらにしても、いまのわたしにはなんの足しにもならない意見だった。

「とにかく、見えないところからわたしを守って。うちの学校は男女交際に厳しいから、ばれたら問題になるだろうし」

朴舜臣は眉尻《まゆじり》の傷をめんどくさそうに掻《か》きながら、歩く速度を緩めた。わたしの視界から朴舜臣が消えた。とたんに不安になったけれど、振り返って姿を探すようなことはしなかった。

駅に着き、電車に乗った。

二つの駅を過ぎた時、わたしはシートから腰を上げて、車両の連結部分のドアのまえに立っている朴舜臣のところに歩いていった。

「さっきはごめんなさい。ちょっとイフイラしてたから」

わたしが謝ると、朴舜臣は、気にしてねぇよ、とぶっきらぼうに言って、かすかに微笑んだ。

家の最寄り駅の改札では、南方たちが待っていた。

「進展があったよ」

改札を抜けるとすぐに、南方のその言葉が待っていた。

「アギーを紹介するよ」

アギーとの待ち合わせ場所に着くまでに、アギーの簡単なプロフィールを聞いた。南方たちの同級生、日本とフィリピンのハーフ（でも、フィリピン人のお母さんがスペインと中国の血も受け継いでいるので、四ヵ国分のDNAを保有）、超ハンサム、そして……大きな下半身も保有……。

駅から五分ほど歩いて、国道に出た。少し先の車道の脇に、黒光りする大きな車がわたしたちにお尻《しり》を向けて停まっていた。トランクのドアには、《RANGE ROVER》のロゴが載っていた。

「あの車は免許の取得祝いに、エステの会社を経営してる女社長からプレゼントされたやつ」と南方は最後の解説をしてくれた。

車の左側には濃いブルーのシャツと黒いズボン姿の、すらっとした体の男の人がドアに背中を預けるようにして立っていた。歩道を通るすべての女の人たちは、例外なく彼に視線を向けながらそばを通り過ぎていった。わたしたちとは反対から歩いてきた腰の曲がったおばあちゃんが視線を向けると、彼はおばあちゃんに向かって軽く手を振った。おばあちゃんの背中が急にまっすぐになった。わたしたちのそばを通り過ぎたおばあちゃんの顔は、ほんのり赤くなっていた。

彼のまえに立った時、おばあちゃんの気持が分かるような気がした。うしろのほうに軽くウェーブしてる艶《つや》のある黒髪、４Ｂの鉛筆で描いたような彫りの深い顔、薄いエメラルド色の瞳《ひとみ》、それに、小麦色の肌は少し離れた位置でもきめが細かいのが分かった。腰のあたりには意識して視線をやらなかった。

「はじめまして、佐藤健です」

アギーではなく佐藤健は、そう言って手を差し出した。

わたしはいつの間にか強くもなく弱くもない心地よい力で手を握られていた。

「どこに行く？」

手を離した佐藤健が、南方に訊いた。

「あんまり人が多くないとこがいいな」

オーケイ、と本格的な発音で佐藤健は言い、助手席のドアを開けてくれた。

「どうぞ」

わたしに向けられた言葉だった。わたしが戸惑っていると、佐藤健は、だいじょうぶだよ、といった感じで微笑んだ。わたしは急いで助手席に乗り込んだ。ドアが閉まるまで、恥ずかしくてずっとうつむいたままだった。

うしろの席に南方と朴舜臣と萱野が乗り、山下はラゲッジスペースに押し込められた。時々上がる、いたっ、とか、ぬおっ、とかいう山下の短い悲鳴を聞きながら、車は進んだ。わたしはなんだか照れ臭くて、一度も隣にいる佐藤健を見れなかった。

十五分ほど走ると、佐藤健が車を車道の脇に停め、おーい山下、とうしろに声を掛け、トランクのドアの開閉ボタンを押した。山下は、はいよー、と言いながら、車を降り、トランクのドアを閉めた。車が山下を残して、またスタートした。わたしが疑問に思っていると、南方が解説してくれた。

「山下が乗ってて駐車スペースが空いてたためしがないんだよね」

車が都営のスポーツ施設の駐車場に入っていくと、一台分だけぽっかりと空いていた。

「山下が乗ってると、ここが埋まってるわけ」と南方は言った。

ほんとかしら？

駐車が終わり、みんなが車を降り始めた。わたしがドアノブの操作に戸惑っていると、自然にドアが開いた。佐藤健がドアの外で、どうぞお姫様、といった感じの微笑みを浮かべながら、立っていた。走ってきてちょっとバテ気味の山下と合流し、施設の敷地内に入っていった。

テニスコートのそばを通り抜け、奥へ向かうと、野球場が見えてきた。ナイター設備もある立派なもので、バックネットの裏には狭いながらも観客席もあった。わたしと佐藤健は五列ある観客席の五列目に座り、南方たちは四列目に座った。佐藤健が持っていたブランケットを、わたしに手渡した。わたしは、ありがとうございます、と言って、膝《ひざ》に掛けた。佐藤健の行動のいちいちが、わたしにはすべて照れ臭かった。でも、かなり嬉《うれ》しかった。

フィールドの中では試合を終えた二つのチームが、ロッカールームに帰り始めていた。空は紅茶の色のような鮮やかな夕焼けだった。

「さてと」南方が佐藤健に訊《き》いた。「で、どうだった?」

「永正の学務部に勤めてる女からゲットした情報なんだけど、いま大学側は必死で噂の火を消そうとしてるみたいだな」

「どんな噂の?」と南方。

「おまえらの読みが当たってたよ。谷村教授と自殺した上原彩子の不倫の関係」と佐藤健。

「でも、マスコミに流れるのは時間の問題かもな。なんせ大学のスター谷村のゴシップだからな」

わたしたちの頭の上に「?」のマークが浮かんでいるのが分かったのだろう。佐藤健はわたしに訊いた。

「岡本さんも、テレビを観ないタイプ?」

わたしがうなずくと、佐藤健は、おまえらそっくりだな、と言って、ケラケラ笑った。

「テレビを観ないおまえたちのために解説するよ。永正大学で教授就任の最年少記録を作った法学部の谷村茂は、電波業界御用達のタレント教授なんだよ。テレビをつけたら、政治経済はもちろん、タレントのゴシップにまでコメントしてる姿を拝めるよ。上原彩子は谷村ゼミの学生で、愛人でもあったっていうのが、マスコミが嗅《か》ぎつけ始めてる噂だ」

「上原さんの自殺が原因で、不倫が明るみに出そうになってるってわけか」と南方。

「ていうより、美人女子大生の自殺の現場に谷村がいたってだけで、ネタになるからな」とアギー。「マスコミは無理にでもそっちのほうに持っていきたいんだろ、きっと。でも、不倫の証拠はほとんど見つかってないのが現実みたいだけどな」

「谷村は結婚してるんでしょ?」と萱野。

アギーはうなずいた。

「それじゃ、谷村としては不倫が見つかったらそーとーまずいわけだよね」と萱野。「だったら、自殺じゃないっていう岡本さんの勘も、もしかして——」

萱野がそこまで言うと、佐藤健が首を横に振った。

「警察はその線では追ってないみたいだぞ。上原彩子が飛び降りた六階の教官室からは不審な点は見つからなかったみたいだし」

「不審な点、て?」と山下。

「上原彩子が抵抗したり、誰かに突き落とされたりしたような痕跡《こんせき》だよ。日本の警察の鑑識は優秀なんだぜ。谷村も聴取は受けたけど、すぐに釈放されてるしな。それに、中川っていう証人もいたし」

「もしかしたら、谷村と中川が結託して嘘をついてるのかも」と萱野。

「なんのために?」と佐藤健。「そもそも上原彩子を殺して、谷村になんのメリットがある？　ただの不倫のほうが話を揉《も》み消しやすいだろ。中川にもなんのメリットがある？」

「やっぱり学園祭のため？」と萱野。

「そんなもののために、自分の将来を棒に振るか？」と佐藤健。「もし谷村が上原彩子の背中を押してたとして、中川がそのことについて偽証してたとしたら、刑法百三条犯人隠避の罪でたぶん有罪になるし、マスコミだって黙っちゃいないだろ。そんなリスクをしょってまで嘘をつくメリットが学園祭にあれば別だけどな」

「また堂々めぐりだな」と南方。「それに、俺たちは結局噂の話しかしてない」

「うっとうしいな」と朴舜臣。

「そろそろ直に行くか」と南方。

佐藤健が、アハハと楽しそうに笑った。

「いいね。調子が出てきたじゃないか。おまえららしいよ。それじゃ、オマケの情報を教えてやるよ」

佐藤健は笑みを消し、続けた。

「昨日、永正に行って、谷村の刑法の講義にもぐり込んだんだ。さすがにスター教授だけあって講堂は満員だったんだけど、ところどころにガタイが良くて目つきの鋭い学生服の連中が座ってたよ。たぶん、体育会の連中だな。で、講義が終わった瞬間、谷村はそいつらにガードされるみたいにして講堂を出ていった。大学の中だけのボディガードみたいだけど、マスコミ対策にしてはやけにものものしかったぜ。この一件、どんどん掘り進めば、予想外の宝物が出てくるかもな。どうする？　俺は調査を続けたほうがいいか？」

南方がわたしを見た。わたしは少し迷ったあと、佐藤健に向かってうなずいた。佐藤健は嬉しそうに微笑んだ。

「そうくると思って、昨日のうちに永正祭の実行委員の女と知り合いになっておいたよ。今夜はその女とディナーをしながら、情報収集だ」

「つーか、ベッドの中でだろ」と南方。

「お嬢さんのまえで下品なことは言わないでくれよ」佐藤健はそう言って、腰を上げた。「そんなわけで、今日はここまでだな。俺はディナーに向かわないと」


車のフロントグラスから見える空は、さっきの紅茶の色からブラックコーヒーの色に変わりつつあった。

車はわたしの家に向かっていた。車内にはずっと沈黙が流れていた。みんなはこれからのことをあれこれ考えているのだろう。わたしは彩子さんの死の原因が予想外の根の深さを持っているようなので、気を重くしていた。自分で始めたことだけれど、これ以上掘り進んでいいものかどうか、迷っていた。掘り進んだ先に、彩子さんの名誉をさらに傷つけるような事実が待っていたら——。

「音楽でも聴くか」

車内の雰囲気が重いのが気になったのか、佐藤健がカーステレオの操作パネルに手を伸ばした。

勢いのよいエレキギターのイントロが、車内に流れた。と同時に、佐藤健の、やべっ、という小さな声がわたしの耳に届いた。佐藤健は慌てて操作パネルのボタンを何度も押し、エレキギターの音を遠くへ追いやった。今度は落ち着いたピアノのイントロが流れ始めた。たぶん、ジャズの曲だろう。わたしは佐藤健の慌てぶりを不思議に思いながら、曲の旋律に耳を傾けていた。曲がサビに入り、センチメンタルな盛り上がりを見せた時、うしろから、ひっひっ、というしゃくり上げるような泣き声が聞こえてきた。そっとうしろを振り返って確かめると、南方と萱野と朴舜臣は、泣いてはいなかった。険しい顔はしていたけれど。

「泣くなよ、バカ……」

南方はうしろのラゲッジスペースに向かって、言った。

山下は泣き止まなかった。

そして、南方はもう、泣くな、とは言わなかった。

わたしの家の最寄り駅に着いた。

朴舜臣と萱野と山下が、先に車を降りた。

「引き続きよろしくな」南方が佐藤健に言った。「今日はいくら？」

「今日はたいした情報もなかったし、ガソリン代も含めて五千円でいいよ」

南方は五千円札を渡し、車を降りた。車がわたしの家に向けてスタートすると、泣き過ぎて目を腫《は》らした山下が、わたしに向かって手を振った。わたしは手を振り返した。

南方たちの姿が見えなくなってすぐ、わたしは訊いた。

「話してもらえますか？」

佐藤健は、仕方ない、といったふうに首をすくめたあと、ハンドルを切って車を車道の脇に停め、ハザードランプのボタンを押した。

「少しまえに、あいつらの親友が病気で死んだんだよ」佐藤健はまえを見つめたまま、言った。「そいつは俺の親友でもあったんだけど。さっきの曲はあいつらのお気に入りだったんだ」

佐藤健はカーステレオの操作パネルに手を伸ばし、あれこれいじって、さっきの曲を選び出した。

わたしたちはしばらくのあいだ、黙って曲を聴いた。ロックに詳しくないわたしでも、聴いてすぐにロックと分かるようなパワフルな曲だった。特に、ヴォーカルの男の人の声に特徴があって、一度聴いたら忘れられない響きを持っていた。佐藤健はヴォリュームを少しだけ下げて、言った。

「俺の部屋で初めてこの曲を聴いた時、南方と舜臣と萱野と山下は歌詞の意味も分からないのに一発で気に入って、何度も繰り返し曲を聴きながらヒロシに――、死んだのはヒロシって奴なんだけどさ、ヒロシに翻訳をしてもらったんだ。ヒロシは黒人と日本人のハーフで、むかし沖縄にいたから、ヒアリングができたんだ。南方たちはおとぎ話をしてもらってる子供みたいな顔をして、ヒロシの訳を聴いてたよ。でもって――」

佐藤健がヴォリュームを上げた。ヴォーカルの男の人が、喜びに満ちたような声で歌詞を叫んだ。

「この歌詞のパートになった時、南方たちは嬉《うれ》しそうに歓声を上げたよ」

佐藤健はまたヴォリュームを下げた。

「なんて歌ってるんですか？」

「売れないロックバンドで歌ってた男が自分の恋人に、レコード会社がすげぇ契約金を払ってくれたんだぜ！　って喜んで叫んでるんだ」

わたしは思わず笑ってしまった。連中がいかにも好きそうな感じがしたからだ。佐藤健はわたしの顔を、懐かしそうな目で見ていた。

「あいつらはその歌詞のパートがえらく気に入って、めちゃくちゃな発音で歌い始めた。そしたら、それを聴いたヒロシがくすぐったそうに笑ったんだよ、いまのおまえみたいに、クスクスって。それ以来、ヒロシが落ち込むようなことがあると、あいつらはめちゃくちゃな発音の合唱を始めて、ヒロシを笑わせたんだ。ヒロシは時々遠くを見るような目をするからさ、あいつらは笑わせることで自分たちのそばに戻ってきて欲しかったんだよ、きっと」

佐藤健は、目をする、と現在形で言った。ヒロシという人は、佐藤健の中ではまだ生きているのだ。

曲が終わり、佐藤健はカーステレオのスイッチを切った。

「あいつらがおまえの話に乗ったのは、おまえの気持が分かったからだよ。あいつら、ヒロシを助けられなかったことで自分を責めてるんだ。おまえが動き始めたのも、上原彩子が死んで同じように感じたからだろ？」

うなずいた。わたしは彩子さんから、死に繋《つな》がるようなサインをまったく見つけられなかった。いつも自分の話を聞いてもらうのにせいいっぱいで、彩子さんの変化を見逃していたのだ。最後の電話の、彩子さんの「ごめんね」という声がいまでもはっきりと耳に残っている。わたしは、そう簡単に電話を切るべきではなかったのだ。そんな自分が許せない気がして、動かずにはいられなかったのだ。

「あいつら、肉体労働をやって自分を痛めつけたりして、とことんすげぇ暗かったんだけど、今日はいい感じだったよ」

佐藤健はわたしの日をしっかりと見つめて、続けた。

「だから、あいつらをおまえの弔い合戦に最後までつきあわせてやってくれよ。俺も最後までつきあうからさ。あいつら、トラブルにダイブしてる時が一番イキイキするんだよ」

わたしは佐藤健の目を見つめ返して、うなずいた。

「わたしのほうこそ、よろしくお願いします」

佐藤健は嬉しそうに微笑み、センキュウ、と完璧《かんぺき》な発音で言いながら、わたしの頬に優しく触れた。どういうわけか、一瞬意識が遠のきそうになったけれど、なんとか堪えた。

車が家のまえに着いた。

「これからは俺のことをアギーって呼んでくれよ。俺のママの名字がアギナルドで、それを縮めたんだ」

アギーは運転席に座ったまま、言った。

「ドアを開けてくれないの？」

わたしが訊《き》くと、アギーは、ホワイ（なぜ）？　という感じの表情を浮かべた。

「おまえはもう俺たちの仲間だろ。自分のことは自分でやれよ。甘えるな」

《仲間》と呼ばれたことに嬉しさを感じながらシートベルトを外し、訊いた。

「どうして仲間からお金を取るの？」

「だって」アギーは子供のように頰を赤らめて、言った。「あいつらとちゃんとつきあうのって、照れ臭いだろ」

屈折してる。でも、その気持は分かるような気がした。あいつらのことが好きで好きでたまらないのだろう。

ドアを閉める間際、アギーは念を押すように言った。

「あいつらをよろしくな」

6

わたしの目のまえに、谷村がいる。

四角い箱に入ってはいるけれど。

わたしはリビングのソファに座り、久し振りにテレビを観ていた。昨日アギーに聞いたとおり、テレビをつけてチャンネルをまわしたら簡単に谷村に会えた。谷村は生放送の夜の情報番組にコメンテーターとして出演していて、いまは芸能人カップルの破局についてコメントしている。五十歳を過ぎているとは思えない若々しくて整った顔立ちと、明晰《めいせき》な言葉遣いは、確かにテレビ向きかもしれないけれど、時々カメラ目線で見せる極《き》めの笑い顔がわざとらしくて、それを見るたびに腹が立った。彩子さんがこんな男と関係があったなんて、信じたくなかった。

画面に、遠い国の戦争の映像が流れ始めた。ほんのちょっとまえに映っていた映像とのギャップに戸惑っていると、電話のベルが鳴った。リモコンでミュートボタンを押してテレビの音を消し、センターテーブルに載っている子機を手にして、通話のボタンを押した。

「オッス」

南方の声だった。

「こんばんは」とわたしは応《こた》えた。

「いまから出てこれる？」

「え？　どうしてですか？」

「動こうと思ってるんだけど」

壁に掛かっている時計を見た。午後九時三十八分。

「こんな夜遅くにですか？」

「うん」

「重要なことですか？」

「うん」

「行ったほうがいいんですよね？」

「うん」

南方の声は、わたしが行くと信じて疑っていない響きだった。

「分かりました。行きます」

「あと五分ぐらいでアギーがそっちに着くから。俺たちと合流するまでは、アギーの指示に従ってくれ」

「了解です」

「それじゃ、あとで」

電話が切れた。

あと五分。

急いでテレビを消し、二階の部屋に駆け上がって、大慌てで外出の準備を始めた。部屋着にしてるスウェットを脱いでジーンズを穿《は》き、次に赤と青と白のチェックシャツを着て、最後にカーキのダウンベストを着込んだ。よく考えたら私服であいつらに会うのは初めてだったので、一応女の子としてもっとコーディネイトを考えるべきかと思ったけれど、そんな時間の余裕も洋服の種類もなかった。

お財布を持っていくべきかどうか五秒ぐらい悩み、机の上に置いた。一階に駆け下り、お風呂場《ふろば》に行って、お風呂に入ってるママにドア越しに話し掛けた。

「ママ、ちょっと出掛けてくる」

「どうしたの、急に？」

エコーのかかったママの声が聞こえた。

「友だちが近くに来てるの。なんか大切な相談があるみたいで」

ここのところ、嘘をついてばかりいる気がする。少し胸が痛い。

「家に呼べば？」

「ファミレスで待っててくれてるから、そこに行くよ」

五秒ぐらいの沈黙のあと、ママは言った。

「気をつけてね。なるべく早く帰ってくるのよ」

「うん。行ってきます」

玄関で紺色のスニーカーを履き、家を出た。ドアの鍵《かぎ》をかけている時、ふとママを独りで家に残すのはいけないような気がしてしまった。パパは土曜日なのに、仕事で出掛けていた。でも、仕方がない。あいつらは動き始めてしまっているのだ。

門扉を開けて外に出ると、家のすぐそばにアギーの車が停まっているのが見えた。わたしは車に駆け寄り、助手席のドアを開け、急いで乗り込んだ。

アギーはわたしを上から下まで見て、言った。

「スニーカー以外は悪くないね。おまえは素材がいいから、センスを磨けばどんどん可愛くなるよ」

なんだか一瞬意識が遠のきそうになったけれど、どうにか堪えて、言った。

「小悪党にほめられても嬉《うれ》しくないわよ」

アギーは楽しそうにケラケラと笑った。

「小悪党っていう単語、人の口から初めて聞いたよ」

「うるさいわね」わたしは恥ずかしくなって、言った。「早く車を出しなさいよ」

オーライオーライ、と完璧《かんぺき》な発音で言って、アギーは車をスタートさせた。車が国道に乗ってすぐ、わたしは訊《き》いた。

「ところで、どこに向かうつもり？」

「ホテル」

「冗談じゃなくて」

「冗談じゃなくて、本気」

「…………」

アギーはまたケラケラと笑って、言った。

「安心しろって。俺は同意以外のセックスはしないから。いまから谷村が泊まるホテルに向かうんだ」

驚いてアギーを見ると、怖いような真剣な眼差《まなざ》しでまえを見つめながら運転していた。

「谷村は毎週土曜のレギュラー番組に出たあと、八王子にある自宅には帰らないで、必ず都心のホテルに泊まるんだ」

レギュラー番組とは、さっき観ていた情報番組のことだろう。

「そのホテルで谷村を襲って、今回の一件に関して直接真相を聞き出す。もちろん、行動担当はあいつら。俺は情報担当」

「そんなことをして、だいじょうぶなんですか？」

わたしがそう訊いた時、ちょうど赤信号に捕まって、車が停まった。アギーは、不思議そうにわたしを見つめ、言った。

「当たり前のことをやってるうちは、真実には近づけないよ。絶対に」

車がまたスタートした。五つの信号を通り過ぎた時、わたしは訊いた。

「谷村のホテルに関する情報はどうやって知ったの？」

「つきあってる女の中に、テレビ局のディレクターがいるんだよ。彼女から聞いた。そういえば永正祭の実行委員の女から、すげぇ情報を仕入れたぞ。あとでみんなに聞かせるよ」

「すごいのね」

「なにが？」

「どんな女の人もイチコロなのね」

アギーは、イチコロって、と言い、ゲラケラと笑った。

「なんなのよ」とわたしはちょっと怒って言った。

「おまえ、言葉遣いがクラシックだよな。なんかいいよ」

怒っていいんだか喜んでいいんだか……。

「おまえ、『ゴッドファーザー』のパート2を観たことある？」

突然、アギーが訊いた。

わたしは首を横に振った。「『ゴッドファーザー』って名前は聞いたことあるけど」

アギーはかまわず、続けた。

「主人公のセリフで、こんなのがあるんだ。『この世界で確かなことがひとつある。歴史もそれを証明してる。人は、殺せる』」

「で？」

「この世界で確かなことがひとつある。歴史もそれを証明してる」

アギーがまたそこまでセリフを暗唱すると、車が赤信号で停まった。アギーはわたしを見て、続けた。

「女は、オトせる」

車は一時間ほど走って、西新宿の高層ビル街に入った。

新宿中央公園の近くのコインパーキングに車を停めた。車を降りるまえ、アギーにサングラスとパープルのキャップを手渡された。

「なにこれ?」とわたしは訊いた。

「変装道具」とアギーは応えた。

「いらないわよ」

「いいから。おまえが言うこと聞かないと、俺があいつらに叱られるんだよ」

わたしは渋々サングラスをかけ、キャップをかぶった。アギーは優しい微笑みを浮かべながら、言った。

「似合ってるよ」

もう怒っていいんだか喜んでいいんだか……。

アギーは白いシャツの上に、光沢のある黒のジャケットを着込んだ。急に大人っぽくなった。

「行くぞ」

人気の少ない高層ビル街を、足早に歩いた。

少し先に、一際目立つ大きな建物が見えてきていた。窓を下から数えていったけれど、きりがないように思えて十二で諦《あきら》めた。少なくとも五十階以上はある建物だった。

「あのホテルだよ」アギーはわたしが階数を数えていた建物を目で指したあと、高そうな腕時計に視線を移した。「ちょっと早いな」

ホテルは巨大な三つの棟が連なってできていて、圧倒的な威圧感を周囲に振りまいていた。建物の光がすべて落ちてしまい、自然の夜の闇の中で見たら、ひどく不気味な物体に見えるだろう。まるでいまにも襲い掛かってきそうな巨大なロボットみたいに。

真ん中の建物のエントランスに入っていくと、アギーが急にわたしの手を握った。びっくりして肩を震わせると、アギーは低い声で言った。

「普通にしてろよ」

わたしは入口のところに立っているベルボーイに気づかれないように、深呼吸をした。

ホテルに入った。

アギーの手に導かれながら広いロビーを横切り、仕切りの壁のないラウンジに入った。

わたしたちが座った席からは、フロントスペースがはっきりと見渡せた。アギーはコーヒーを、わたしはカフェオレをオーダーした。

「南方たちはどこにいるの？」

フロントのほうに視線を注いでいるアギーに、訊いた。

「どっかにいるよ」アギーはそっけなく答えた。

朴舜臣に無性にそばにいて欲しくて、ロビーのまわりを探したけれど、姿は見つけられなかった。カフェオレが届いたので、緊張でからからに乾いている口の中を潤すために慌てて飲むと、びっくりするぐらいに熱くて、思わず、あちっ、という声を上げてしまった。アギーは一瞬だけ、なにやってんだよ、という目でわたしを見て、またすぐにフロントに視線を戻した。

カフェオレを諦め、水に口をつけた時、アギーが囁《ささや》くように言った。

「来たぞ」

アギーの視線を追った。入口のほうから、さっきテレビで観ていた顔がフロントに向かって歩いてきていた。アギーは伝票を手に取り、言った。

「行くぞ」

わたしは水を一気に飲み干し、うなずいた。

わたしたちがラウンジを出る頃には、谷村はフロントでチェックインを済ませ、部屋に上がるためにエレベーターへと向かっていた。アギーはまたわたしの手を握り、足早に谷村のあとを追った。谷村の背中がどんどん目のまえに迫ってくる。谷村がエレベーターフロアで足を止め、《↑》のボタンを押した。谷村に追いついたわたしとアギーは、谷村の隣に立った。谷村はわたしたちのことをさりげない感じでチェックし、わたしに一瞬だけ絡みつくような視線を投げたあと、すぐにエレベーターのドアに視線を戻した。わたしたちの隣に、人の気配が加わった。確かめると、南方だった。そして、すぐに朴舜臣が加わり、その次に萱野、最後に山下が加わった。

エレベーターフロアに、ビリビリするような緊張感が流れた。情けないけれど、体が震えた。ノギーが強く手を握ってくれた。震えはどうにか収まった。

わたしが感じているものを谷村も感じたのか、不審そうな目を南方たちに向けた。朴舜臣がゆっくりと動き、谷村の背後に立った。

「俺たちはいまから、おまえの大学の学生だ」

朴舜臣の低い声が聞こえた。谷村の体がビクッと震えたのが分かった。顔を少しだけ動かし、朴舜臣のほうを見た。朴舜臣は人差し指を谷村の背中に軽くあてていた。

「おまえが声を出そうとしたら、俺はこれを使うことになる」

ただの指先が、尖《とが》ったナイフの切っ先に見えた。谷村の体がぶるぶる震え始めた。

「安心しろよ」

南方がそう言うと、谷村は南方のほうに恐る恐る顔を向けた。南方は続けた。

「俺たちは、大学のことについてあんたの部屋であんたと楽しく語り合いたいだけなんだから」

エレベーターの到着を示すランプが点《つ》き、ドアが開いた。谷村の足は動かない。

「乗れよ、先生」

朴舜臣がそう言うと、谷村はぎこちない動きながらも、エレベーターの中へと足を進めた。背後には朴舜臣がぴったりと張りついている。わたしたちも中に乗り込んだ。

「押せ」

朴舜臣の言葉に従い、谷村は《53》のボタンを押した。エレベーターが上昇を始めた。階数表示の数字がどんどんと増えていく。《30》を越えた時、谷村がかすれた声で言った。

「中川君を脅しているのは、君たちなのか？」

中川を脅す？　誰が？　わたしたちが？

南方たちは答えなかった。

数字が《53》に変わり、エレベーターが止まった。

「頼むから、俺にこれを使わせるなよ」

朴舜臣がそう言ったのとほとんど同時に、ドアが開いた。エレベーターを出て、谷村を先頭に廊下を歩いた。まえからスーツ姿の中年の男と派手《はで》なワンピースを着た若い女の人が、腕を組みながら歩いてきた。二人はわたしたちを見た瞬間、組んでいた腕を離し、目を伏せた。たぶん、いかがわしい関係なのだろう。でも、わたしたちには好都合のカップルだった。谷村のがっかりしたようなため息が、わたしの耳に届いた。

《5312》のまえに着いた。

谷村はスーツのポケットからカードキーを取り出し、ドアを開けた。

部屋に入ってからの南方たちは、何度もリハーサルを重ねたような、ほとんど淀《よど》みのない動きを見せた。谷村を部屋の真ん中に持ってきたデスクの椅子に座らせて後ろ手に手錠を掛け、椅子の脚と谷村の足を一緒にロープで縛り、最後にアイマスクを目にかぶせて谷村を完全なコントロール下に置いたあと、ようやく部屋の照明を点けた。大きな窓の外に見えていた夜景の魅力が半減した。

南方とわたしと朴舜臣が谷村のまえに立ち、萱野と山下はキングサイズのベッドに腰を掛け、アギーはデスクの上にお尻《しり》を載せて座った。

誰も喋《しゃべ》り出さない。恐怖のためか、谷村の顔が小刻みに震えている。

「望みはなんなんだ？」と谷村が訊《き》いた。

誰も応えない。谷村は乾いた唇を舌で何度もなめて潤し、続けた。

「上原君のことだろう？　だったら、わたしはなにもしてないんだ。あれはただの自殺なんだよ。警察だってそれは認めてるんだ！」

朴舜臣が動き、デスクの上に置いてあったボールペンを手にしたあと、ペンの先を谷村の首筋に軽く押し当てた。谷村は、ひっという短い悲鳴を上げながら、全身を大きく震わせた。

「二度と大きな声を出すな。分かったな」

朴舜臣の言葉に、谷村は小さく何度もうなずいた。

「中川は俺たちのことをなんて言ってるんだ？」南方が訊いた。

「上原君の一件で、わたしを脅そうとしてる連中が大学内にいるって。その連中はわたしと上原君の関係を示す証拠を持ってるって。そのことを突き止めたから、自分がどうにかするって……」

「関係って言うのは、不倫の関係のことだな？」と南方。

少しのためらいのあと、谷村はうなずいた。

「おまえにボディガードをつけたのも、中川だな？」

谷村はうなずいた。

「仲間が襲われたから念のためにって。あとのことは自分がうまく処理するから心配するなって言われた。わたしはどんなことがあっても口をつぐんでいろって……」

南方が遠くを見るように目を細めた。なにかを必死に考えているのだろう。南方の口が開いた。

「自分以外におまえを脅そうとする連中が現れたから、中川は餌を横取りされると思ってびびったわけだ」

谷村はうなずいた。わたしたちは顔を見合わせた。中川は谷村を脅してなにを得ているんだろう？　お金？　成績？　それとも？

アギーが発言を求めるために、軽く手を上げた。南方はうなずいた。アギーが口を開いた。

「おまえへの脅迫も学園祭の金も、中川は自分の野望に利用するつもりなわけだ」

学園祭の金？　中川の野望？

谷村は諦《あきら》めたようにうなだれ、言った。

「二ヵ月ほどまえ、与党から選挙の出馬を持ちかけられた話を、つい口を滑らせて中川君に喋ってしまったんだ。その話を聞いてから、彼はあからさまにわたしに対してあれこれ指示をするようになった」

「どんな指示だ？」と南方が訊いた。

「とりあえず上原君との関係を清算しろと迫られた。わたしは指示に従って上原君に別れ話を切り出したが、彼女はなかなか首を縦に振ってくれなかった。彼女は……わたしとの

「それで、上原彩子の背中を押したわけか」と南方が言った。

「違う！」

谷村は大声を上げたことを後悔したように長い息を吐き、続けた。

「彼女は本当に自分から飛び降りたんだ……」

南方が朴舜臣に向かってうなずいた。朴舜臣はまたボールペンの先を谷村の頸動脈《けいどうみゃく》のあたりにあてた。谷村の太ももが貧乏ゆすりのように激しく震え始めた。朴舜臣は言った。

「上原彩子が死んだ時のことを話せ。俺は嘘が嫌いなんだ。分かるな？」

谷村が大きくうなずくと、朴舜臣は、話せ、と言いながら、ペンの先を離した。太ももの震えが収まったあと、谷村は話し始めた。

「あの日、すべての講義を終えて教官室で帰り支度をしているところに、上原君が入ってきた。彼女にはまえの晩に、もうこれ以上個人的に会う気がないことを告げていた。多少の金も渡したし、ゼミを自主的に辞めてくれることも頼んだ。その時にさして抵抗も示さなかったから、わたしはあらためてきちんと別れ話をするためにやって来たと思ったんだ……。だが、違った。彼女はわたしの子供を堕《お》ろした事実があることをわたしに告げ、復縁を迫ったんだ……。彼女は、わたしのことを……愛している、と言って、泣いた……。

混乱してしまったわたしは、彼女に真実を告げてしまったんだ——」

谷村はそこまで言うと、ためらうように口を閉じた。朴舜臣が動こうとすると、谷村は敏感に気配を感じ取り、慌てて口を開いた。

「わたしは中川君にはめられたんだよ。上原君との関係のお膳立《ぜんだ》てをしたのも、彼なんだ。上原君のわたしへの好意を利用して、関係するように仕向けたんだ。わたしは被害者なんだよ」

「仕向けたって、どんなことをしたんだ？」

南方がそう訊くと、谷村は声を少し低くして続けた。

「まだわたしと上原君が関係を持つまえに、この部屋に中川君と上原君が遊びに来たことがあったんだ。その時に上原君がひどく酒に酔って意識を失ってしまって……。あとから思えば、中川君がおかしな薬を酒に混ぜたんだと思うが……。中川君は、上原君が後腐れのない女で、彼女がそういう関係を自ら望んでいるとわたしに告げ、部屋を出ていった……

…」

「そのことを上原彩子に言ったんだな？」と南方は訊いた。

谷村はかすかにうなずいて、言葉を継いだ。

「だから、わたしは上原君に、愛はなかった、と告げたんだ。彼女はそれを聞いて泣き止み、虚《うつ》ろな目をしてしばらくのあいだ押し黙っていたが、急に窓際に近づいていって、窓を開けたかと思ったら――」

谷村の顎《あご》ががっくりと落ちた。谷村は消え入るような声で、残りの言葉を搾り出した。

「上原君は、わたしのほうを振り向いて微笑んだあと、窓の外に体を投げ出した――」

わたしは谷村に向かって、動いた。そして、右のこぶしを振り上げた時、いつの間にかそばにいた朴舜臣がわたしの右手を摑《つか》んで、わたしの動きを止めた。

「離して！」朴舜臣に向かって叫んだ。

「無抵抗の人間を殴るつもりか」と朴舜臣は言った。

「うるさい！　離せ！」

朴舜臣は眉間《みけん》に皺《しわ》を寄せてわたしを見つめ、言った。

「分かったよ。でも、ちょっと待てよ」

朴舜臣はわたしの手を離すと、着ていた黒いシャツを脱ぎ、シャツの背中のあたりを両手で摑んで一気に引き裂いた。

シャーッ！　という甲高い音が鳴り、わたしの背中は反射的に震えた。朴舜臣は切り裂いた半分を肩に掛けたあと、もう半分をわたしの右のこぶしに巻き始めた。

「人を殴ったことなんて、ねぇんだろ？　まだ先があるかもしんねぇから、ここでおまえに骨折されちゃ困るんだよ」

朴舜臣はわたしのこぶしのまわりにゆっくりと布を巻き続けた。布を巻き終えられた時には、わたしの生まれて初めての衝動は朴舜臣にすっかり吸い取られていた。わたしは両肩を落とした。朴舜臣はわたしの顔からサングラスを外したあと、肩に掛けていた布を取り、わたしの頰にあて、涙を拭《ふ》いてくれた。わたしは朴舜臣の胸に顔を埋め、声を出さないように我慢しながら、泣いた。谷村には泣き声を聞かれたくなかったのだ。

五分ほどは泣いただろうか？　わたしは朴舜臣のシャツの布で顔を拭き、また谷村と向き合った。谷村の頰はさっきよりこけているように見えた。さっと、憔悴《しょうすい》し始めてるんだろう。南方はわたしに向かってうなずき、久し振りに口を開いた。

「上原彩子が飛び降りたあとのことを話せ」

「……窓の外を覗《のぞ》くと、上原君の体が校舎裏の歩道に力なく横たわっているのが見えた。もう夜だったせいで校舎裏に人影はなかった。わたしは中川君に電話をして、事情を話した。学園祭の準備でたまたま大学にいた中川君はすぐに現れて、上原君が飛び降りた時に自分も一緒にいたことにしろ、と言って、口裏合わせを始めた。そして、上原君のバッグの中を探り、彼女に渡した手切れ金を見つけてわたしに返しながら、自分の言うとおりにすればなんの問題もない、もし警察に余計なことを言ったらマスコミにすべてをぶちまけて、社会的な制裁を加えてやる、と言ってわたしを脅した……。中川君は、教官室の電話の受話器をわたしの手に握らせて、こう言ったよ。『痴話喧嘩《げんか》で血迷った女が飛び降りただけだ。こんなことはよくあることだ。事故の被害に遭ったようなものだから、気にするな』って……。わたしは自分を無理にそう納得させたあと、１１９に電話を掛けた……」

わたしがまた谷村を殴りたい衝動に駆られた時、南方は厳しい声で言った。

「上原彩子が生きてたとは思わなかったのかよ？」

谷村は呆けたように口を開けた。南方は続けた。

「中川じゃなくて、すぐに救急車を呼べば上原彩子が助かるとは思わなかったのかよ？」

谷村の唇が苦しそうに歪《ゆが》んだ。

「おまえは立派な加害者なんだよ」と朴舜臣は言った。「残念だったな」

谷村は顎の先が胸についてしまうほどに、うなだれた。アギーがまた手を上げた。南方はうなずいた。アギーは言った。

「中川は学園祭の金を、なんに使うつもりなんだ？」

さっきから話に出てくる《学園祭の金》とはなんなのだろう？　アギーが昨夜《ゆうべ》実行委員の女の人から得た情報に違いないだろうけれど。

「知らない」と谷村は答えた。

「いまさら隠してなんの意味があんだよ」

アギーはそう言って、いつの間にかデスクの上に置いてあった小さくて四角い機械を手にし、指でいじった。突然、機械から谷村の声が聞こえてきた。

「……痴話喧嘩で血迷った女が飛び降りただけだ。こんなことは──」

アギーが音を止めた。

「おまえはもう俺たちの手のひらの上にいるんだよ。握り潰《つぶ》されたくなかったら、話せ」

谷村はため息をついて、言った。

「本当に知らないんだ。中川君が必死に金を集めているのは知っているが、それをなにに使おうとしてるのかは聞いてない」

朴舜臣が谷村に近寄り、頸動脈のあたりをボールペンの先でさっと引っ掻《か》いた。谷村の体が激しく震えた。

「本当なんだ！　信じてくれ！」

朴舜臣が南方の顔を見た。南方はうなずいたあと、谷村に向かって訊《き》いた。

「中川はおまえの弱みを握って、どうしようっていうんだ？」

「……わたしの力をとことん利用するつもりなんだよ。これまでも教授として学内のことに関しては彼にかなりの便宜を図ってきたが、これから先、もしわたしが政治家にでもなったら、彼はその力もなんらかのかたちで利用しようと思ってるんだろう……。噂では、わたし以外の教授も彼に弱みを握られているらしい」

南方たちは顔を見合わせて、うなずき合った。萱野がベッドサイドテーブルに手を伸ばし、照明を消した。部屋が一気に暗くなり、窓の外の夜景が浮き上がった。デスクに載っているランプが点き、乏しい光が谷村の横顔をおぼろげに照らした。

「さてと」と南方は言った。「お別れの時間だ」

谷村の息が急に荒くなった。

「最後に、おまえに俺たちが持ってる証拠を見せてやるよ」

南方がズボンのヒップポケットに手を入れ、わたしが念のために預けておいた《証拠》を抜き出した。朴舜臣は谷村に近づき、アイマスクをおでこのほうにずり上げた。南方は、暗闇に目を馴《な》らしている谷村の目のまえに、《証拠》を突きつけた。

それは、一枚の絵葉書だった。写真には伊豆《いず》の温泉地が写っていて、表には彩子さんの文字で、こんな文章が書かれていた。

急に思い立って、一人旅に出ちゃいました。
むかし、好きな人と一緒に来たことのある場所です……。

お土産、買って帰るね。

ではでは。


ひと月ぐらいまえに、この絵葉書が届いた。いまから思えば、彩子さんは谷村に別れ話を切り出されてつらかったのだろう。それで思い出の場所に旅に出たのだろう。独りでさびしくて、でも、絵葉書を送れるのは、わたしぐらいしかいなかったのだろう……。

谷村は絵葉書を見たあとに目を閉じ、かすれた声で言った。

「去年の秋に二人で行った温泉地だ……。一泊だけの旅行だったが、上原君はひどくはしゃいでいた……」

南方が朴舜臣にうなずいた。朴舜臣はまたアイマスクを日に下ろし、谷村を暗闇の世界に戻した。南方は言った。

「助けが来るまで、上原彩子の最後の笑顔とこの絵葉書のことを暗闇の中で見続けろ」

南方が小さなキーをデスクの上に置いた。

「手錠の鍵《かぎ》はデスクの上に置いておくぞ。明日の朝に部屋に入ってきたルームキーパーのおばちゃんにでも開けてもらえよ。大好きなプレイをしている時に女王様に逃げられた、って言い訳するんだな」

南方は言い終わると、デスクのランプのスイッチをオフにした。部屋が暗闇に戻った。暗闇の中に、朴舜臣の声が響き渡った。

「今夜のことは、中川には話すなよ。中川の様子が少しでもおかしくなったら、俺はおまえのまえにまた現れるからな」

続いて、アギーの声がした。

「そのまえに、このICレコーダーの中身が電車の吊《つ》り広告にデカデカと載ることになるだろうけどな」

最後に、南方の声が。

「とにかく、おまえはいつもみたいにテレビの中でてきとーなことを喋《しゃべ》ってりゃいいんだよ。大事なことは黙ってろ。分かったな」

谷村は低い声で応えた。

「絶対に話さないよ。できれば、君たちに中川君の野望を挫《くじ》いて欲しい。彼は……、危険だ」

「考えとくよ」南方は馬鹿にしたように、言った。

わたしの耳元で、朴舜臣の声がした。

「行くぞ」

わたしたちは部屋を出た。

7

車は西新宿の高層ビル街を快調にすり抜け、北へと駆け上がっていった。

三十分ほど走って、大久保にある戸山《とやま》公園のそばまで来た。わたしの高校からそう遠くない場所だった。

戸山公園の裏手の路地に車を路上駐車させ、わたしたちは公園の中に入っていった。誰もいない広場に着き、わたしとアギーはベンチに、南方たちはベンチと向かい合うように地べたにお尻《しり》をつけて座った。アギーが車から持ってきていた毛布を肩に掛けてくれた。でも、わたしはその毛布をTシャツ姿の朴舜臣に渡した。夜が深くなるにつれ、かなり冷えてきていた。朴舜臣は少し迷ったあと、悪いな、と言って毛布を受け取り、上半身を覆った。

「さてと」と南方は言った。「姫をなるべく早く家に帰さなきゃならないから、さっそく始めるか。今夜分かったのは、上原さんと谷村は本当に不倫関係にあったこと、上原さんは本当に自殺だったこと、不倫にも自殺にも間接的に中川がからんでいたこと、中川がなんらかの野望を持って動いていること、の四つだ。とりあえず上原さんの死の謎を解くっていう当初の目的はクリアしたわけだけど——」

南方はそこまで言って、みんなの顔を見まわし、続けた。

「なんかすっきりしねぇよな」

わたし以外のみんなは、小さくうなずいた。南方はわたしを見て、訊《き》いた。

「アギーがゲットした永正祭に関する情報、訊きたい？」

わたしが迷っていると、朴舜臣は言った。

「今夜で今回の一件を打ち切ってもいいんだぞ」

正直なところ、わたしはさっきの谷村の話にひどいショックを受けていた。できるなら、記憶から消してしまいたい。ただ、すべてはわたしが動いたことから始まっていた。これから先どうするかは別にしても、張本人としてここで簡単に目をそらしたり、耳を塞《ふさ》いではいけない気がした。アギーを見て、言った。

「とりあえず、聞かせて」

アギーはうなずいて、口を開いた。

「ゆうべ、永正祭のことを実行委員の女から詳しく聞き出したんだけど、俺は珍しく自分の耳を疑ったよ」

さっきも出た《学園祭の金》のことだろう。

「おまえら学園祭って言ったら、どんなイメージが浮かぶ？」

アギーは南方たちにそう問い掛けたけれど、そうか、おまえらはひとつのイメージしかないな、と失敗したようにつぶやき、わたしを見た。わたしは応《こた》えた。

「学生たちが一丸になって楽しく催すお祭り？」

「それは高校までだ」アギーはきっぱりと言った。「大学の学園祭はビジネスの場なんだよ。特に永正大学の実行委員の連中にとってはな。永正祭が開かれる四日間に動く金はだいたいいくらか分かるか？　俺が言ってるのは学生たちがやる模擬店の売り上げとか、そういう金のことじゃないぜ。入場料とか有名ミュージシャンのライヴチケットのアガリとか、主催する実行委員会の懐に入る純粋な利益にあたる金だ」

少しだけ考えて、答えた。

「百万円ぐらい？」

アギーは鼻で笑い、言った。

「ケタが違うね。毎年だいたい五千万近くの金が動くんだ」

南方が、ひゅーと短く口笛を吹いた。アギーは続けた。

「ただ、入場料やチケットのアガリだけじゃ、いくらなんでもそこまでいかない」

「それじゃ？」とわたしは訊《き》いた。

「ショバ代だよ」

「ショバ代？」わたしは思わず訊き返した。「なにそれ？」

「実行委員会は、永正祭の開催期間中に大学の構内を利用するすべての学生連中から金を徴収するんだ。管理運営費っていう名目でな。でも実際は、地元のヤクザが縁日にテキ屋から徴収するショバ代と変わんないね」

「なんで？」わたしは話がうまく呑《の》み込めなかったので、訊いた。「なんで学生が自分の学校を利用するのにお金を取られるの？」

「もともとは実行委員会を裏で操る共産系の過激派組織が、活動資金を稼ぐために徴収してたんだ。でも、共産主義も学生運動も衰退してほとんどなくなったし、大学側も過激派と実行委員会の関係を断ち切ろうと必死になった。その長い闘いの末に、実行委員会は百パーセントのノンポリで、利益だけを追求する資本主義の組織になったってわけ。学校側がショバ代を黙認してるのは、言うなればバーターだな。悪いことに遣わなければ、お金は君たちのポッケに入れてもいいよ、ってわけさ」

「おかしいわよ、そんなの」とわたしは言った。

アギーは、困ったようにちょっとだけ眉《まゆ》を寄せた。

「確かにな。でも、永正大学っていう世界の中のルールじゃそれは正しいんだ」

アギーはそこまで言うと、おどけたような顔で言葉を続けた。

「とにかく、俺はこの話を知って、大学に行きたくなったよ。永正だけじゃなくて、大学にはイージーマニー（あぶく銭）がザクザク埋まってるよ、きっと」

わたしが言葉を失くしていると、アギーは先を続けた。

「永正祭の金の流れについて、もう少し詳しく話すぞ。実行委員会は中庭での模擬店、大学のすべての教室での講演会、研究発表、ミニライヴ、映画上映、占い、喫茶、その他もろもろのイベントごとにその規模に応じて最高六万円のショバ代を徴収する。あ、教室どころか階段の踊り場の利用にまで金を取るんだったな。とにかく、取れるもんだったら校舎に巣を作ってるツバメからも金を取るようになってる。四日間で入れ代わり立ち代わり催されるイベントの数は大小合わせて約六百なんだけど、そっから集まる金が、約二千八百万。ほかは前夜祭のライヴチケットのアガリが約三百万。パンフレットに載る企業やOBからの広告収入が約六百万。有名自動車企業から宣伝を兼ねて無料提供された車を使ってやるクジの売り上げがだいたい二百万。でも、これには裏があって、毎年車が当たる奴はサクラで、サクラに渡った車は換金されてその金は当然実行委員会のポケットに入る。

この金が約三百万。残りは入場料の三百円掛けるその年の入場者数で、例年の数字はだいたい八百万。締めて今額五千万円なりってわけさ」

「実行委員会の純利益はどれぐらいなんだ？」と南方。

「学園祭ってことで格安で出演してくれる有名ミュージシャンのギャラと、パンフレット作りに掛かるその他の経費を差し引いても、四千五百万は残るらしい」

「人件費は？」と萱野が訊いた。「実行委員の連中には分け前はいかないの？」

「いい質問だね」とアギー。「実行委員はだいたい百人ぐらいいるんだけど、その約半分の一、二年生は丁稚《でっち》と同じだから、居酒屋で酒を飲ましてもらって終わり。残りの三、四年生は温泉ぐらいには連れて行ってもらえるみたいだぞ。まあ、その年の実行委員長によっても違うみたいだけど、だいたいそんな扱いだそうだ。さて、そんなこんなで人件費にたとえば五百万を使ったとしても、残りは四千万。この金は実行委員長一人の手に渡る」

「なんなのそれ？」と山下が声を上げた。

「頂点に立ったものがすべてを獲る。敗者にはなにもやるな。永正の実行委員会は、競争社会の原理と資本主義の《掟《おきて》》を学校の中で実践してるわけさ。委員会のほかの連中も《掟》を分かってて、文句を言わない。ただ、毎年入ったばかりの一年がカラクリを知って辞めてくケースはあるみたいだけど、そういった連中も自分が感じた疑問については、声を上げないで口を閉じちまう。俺はネタを提供してくれた委員会の女に、訊いてみたよ。疑問を感じないのか、って。女は平気な顔で、しょうがないじゃない、そういう決まりなんだから、って答えたよ。ついでに、わたしは必ず成り上がって初めての女性実行委員長になるの、ってギラギラした目で言ったよ。その時、俺は分かったんだ。辞めて口を閉じちまう連中は、自分のことを自分が属してる世界の敗者って思っちまうんだ。一流大学に入ってるぐらいだから、いつも上を目指せって教わってきた人間だろうしな。で、その上のほうに自分よりやり手の人間がいるのを知って、ヘコんじまうんだ」

バカみたい、と思ったけれど、口には出せなかった。わたしはいまどんな世界に属してるんだろう？　アギーは続けた。

「今回のネタの裏を取るために今日の昼に大学に行って、学園祭の準備をしてる連中に、金を取られるのって変じゃないか、ってさりげなく話し掛けてみたんだ。そしたら、ほとんどの奴は嫌な顔をして、しょうがないから、って答えたよ。みんなも汚いカラクリには薄々感づいてはいるんだ。でも、声を上げようとはしない。どいつもこいつも、しょうがない、ばっかりだよ。そんなふうに感じながらやる祭りのどこが面白いのか、俺には分かんないけどね」

「要は、中川は学園祭のアガリをなんらかの野望のために使おうとしてるわけか」と南方。

「だから、学園祭は絶対に中止になっちゃいけない。邪魔しようとする連中も許せない——」

遠くで車の急ブレーキの音と、夜の静かな空気を切り裂くような甲高いクラクションが鳴った。南方が腕時計を見た。

「今日はここまでにしとこう。アギーは姫を家まで送り届けてくれ」

「待って」わたしはそう言って、みんなの顔を見まわした。「今夜でこの一件を打ち切らなかったとしたら、この先になにがあるっていうの？」

みんなを代表して南方が口を開いた。

「選択肢としては三つあるよ。ひとつ目は——」

南方は右手の親指を立てて、続けた。

「警察にさっき録音したものを渡す。でも、きっと重い罪にはならないと思うよ」

南方がアギーの顔を見た。アギーが補足した。

「谷村と中川は、嘘をついてはダメですよ、って叱られるぐらいだな」

「どうして？　谷村は彩子さんを自殺に追い込んだのも同然じゃない」

「法律は自殺をした人間の心なんて理解しようとしないんだよ。起こったことがすべてだ。上原彩子は自分で飛び降りて、谷村と中川はそれについてちょっとばかり嘘をついた。

ジ・エンド」

わたしが怒りを抑えながら黙っていると、南方が親指の横に人差し指を立てて添えた。

「ふたつ目は、マスコミに不倫と自殺に関する情報を流して社会的な制裁を狙う。マスコミは飛びつくだろうし、谷村のダメージは大きいはずだよ。ただ、永正祭と中川のことに関しては、ニュース的な価値からしてマスコミはほとんど取り上げてくれないだろうから、中川は谷村っていう手駒を失くすぐらいのダメージで済むだろうな。それよりも、この方法だと上原さんの名誉が傷ついて、遺族も悲しむ結果になるかも」

南方はそこでいったん言葉を切り、ゆっくりと中指を立てた。三本の指がわたしのまえに並んでいた。指のあいだから見える南方の目が光ったような気がした。

「最後は、永正祭にお邪魔して、中川の野望を俺たちが挫《くじ》く。今回の一件のド真ん中にいるのは、中川なんだ。その中川が永正祭を利用して野望を遂げようとしてるなら、永正祭っていう根っこを断ち切って、ド真ん中から隅っこに弾《はじ》き飛ばしてやればいい」

「どうやって?」わたしは思わず訊いた。「どうやって弾き飛ばすつもり?」

南方は三本の指を折り、不敵な笑みを浮かべながら、言った。

「それはこれから詰めていくよ。もうだいたいは決めてるけどね」

みんなの顔を見まわした。五つのまっすぐな視線がわたしを見つめていた。みんなの気持は決まっているようだった。

「今夜一晩考えさせて」とわたしは言った。

南方はわたしの目を見つめて、言った。

「どんな答えを出そうと、俺たちは岡本さんの気持を尊重するよ。約束する」


戸山公園で南方たちと別れ、アギーの車で家まで送ってもらった。

家に着くまで、わたしはほとんど喋《しゃべ》らなかった。ここ最近に起こったすべての出来事は、これまでのわたしの日常とはかけ離れ過ぎていた。それに、この世界は不条理で不公平なものばかりで構成されているような気がしていた。正直なところ、ひどく頭が混乱していたし、無力感に囚《とら》われてもいた。できるなら今夜ですべてを打ち切って、何事もなかったかのようにこれまでの日常に戻ってしまいたかった。簡単に言えば、わたしはひどく疲れていたのだ。

車が停まった。いつの間にか家のまえに着いていた。

「疲れたろ。ゆっくり休めよ」

アギーの言葉に、うなずいた。車を降りる間際に、わたしは訊《き》いた。

「アギーはどうして欲しい？」

アギーはまつ毛一本動かさずに、答えた。

「俺がどうしたいかじゃなくて、おまえがどうしたいかだ。自分から逃げようとするな」

車を降りた時には、午前一時を過ぎていた。

パパが帰ってきてたら、見つかるとあれこれ詮索《せんさく》されそうだったので、こっそりと家に入った。家の中は暗くて、玄関にパパの靴はなくて、そして、ダイニングのほうからはママの静かな悲鳴が聞こえてきていた。一瞬、低い声でアリアの練習をしてるのかと思ったけれど、きちんと耳を澄ませるとアリアでないことはすぐに分かった。

スニーカーを脱いでダイニングに向かい、ゆっくりとドアを開けた。

ママはテーブルに座り、両手で顔を覆いながら泣いていた。

「どうしたの？」

ママはわたしの声に驚いて体を震わせたあと、無理に泣き声を止めて、顔を覆っていた両手を下ろした。

「遅かったのね。心配したのよ」

真っ赤な目をしたママが、無理をして笑っていた。

わたしはテーブルを挟んだママの向かいに座った。

「どうしたの？」

ママは笑みを崩さないまま首を横に振った。

「なんでもないのよー。死んだおばあちゃんのことを思い出しちゃっただけ」

「嘘つかないで。ここんとこずっとおかしかったよ」

ママの顔から少し笑みが消えた。

「そうかなー。考え過ぎじゃないの」

「パパが浮気してるから？」

ママの顔からまた少し笑みが消えた。

「なに言ってるのよー。そんなこと言っちゃダメよ」

「そうなんでしょ？」

ママの顔から完全に笑みが消え、その代わりに暗い影が落ちた。ママは少しのあいだ黙ったあと、言った。

「あの人の浮気なんて、むかしっからよ。いまさら泣いたりしないわ」

「じゃ、なんで？」

ママはうつむいてわたしの顔から視線を外した。

「お願い、話して」

わたしは強く言った。もう二度と好きな人の助けの声を聞き逃すもんか。

ママが顔を上げ、わたしの目を見つめた。わたしは目をそらさずに、きちんと見つめ返した。ママは軽く目を閉じて長い息を吐き、話し始めた。

「あの人の浮気に気づいたのは、十年まえが最初なの。あの人はばれてないつもりだったかもしれないけど、わたしは気づいてた。相手の女の人から何度か嫌がらせの電話も掛かってきてたし。プライドが傷ついてとてもつらかったわ。それに、わたしとあなたのまえで良き夫と父親を演じてるあの人が憎かった。何度かあの人に浮気のことを問い質《ただ》して、関係を切ってもらおうと思った。でも、怖くてできなかった……。あの人がしらを切りとおして、逆にそんな話を持ち出したわたしを怒って、この家から追い出されたらどうしようって思ったの……。恥ずかしいけど、わたしにはこの家での生活を捨てる勇気がなかったの。外の世界で自活する手段が思いつかなかったの……。わたしは平凡な女だし、結婚して幸せになるのが女としての幸せだとずっと思ってたから、男の人に好かれること以外のことは身につけてこなかったのよ……。だから、わたしには家事をすること以外なんの特技も取り柄もなかったの……。そんな時に、妊娠してることに気づいたの——」

ママはそこまで言うと、うつむき、いまにも消えてしまいそうな声で、続けた。

「わたしはやっと自分の取り柄に気づいた。子供を産めることよ。あの人も、その役割をわたしに望んでる。だから、その役割を放棄することで、あの人に復讐《ふくしゅう》することにしたの……。わたしは、浮気の腹いせのために、あなたの弟か妹になるはずの子を堕《お》ろしてしまったのよ……。自分のちっぽけなプライドを守るために、自分の子を殺してしまったのよ……。わたしはそれを秘密にすることで、あの人より優位に立ってるつもりでいたわ。自分があの人の意のままにならない存在だって、自分に言い聞かせてたわ。でも、時が経つにつれて、どんどん成長したあの子がわたしのまえに現れるようになったの……。ある日は男の子の姿で、ある日は女の子の姿で、顔のないあの子が、わたしを見つめてるの……。だから、あの子を殺してしまった十一月になると、居ても立ってもいられなくなって……。あなたの顔を見るのがつらくって——」

わたしは、声を上げて泣いた。びっくりしたママが、わたしのそばにやってきて、ごめんねごめんね、と言って泣き始めた。わたしは、違うのそんなんじゃないの、と言って、泣きじゃくった。ママはひざまずいてわたしの膝《ひざ》の上に頬を載せ、泣かないで泣かないで、って呪文《じゅもん》のように唱えながら、泣き続けた。わたしはママの頭の上に自分の頬を載せて、泣き続けた。

どれほどの時間泣いたのか分からなかったし、そんなことはどうでもよかった。わたしとママは涙が止まるまで、思う存分泣いた。そして、それぞれに泣き止んだあと、顔を見合わせて、へらへらと笑った。わたしがママの頬に残ってる涙を指で拭《ふ》いてあげると、ママもわたしの頰の涙を指で拭き取ってくれた。

「なんかおなか空《す》いたね」

わたしの言葉に、ママがうなずいた。

わたしたちは顔を洗ったあとに家を出て、近所のコンビニに向かった。インスタントラーメンとおにぎりとポテトサラダを買った。帰り道は手を繫《つな》いで、時々月を見上げながら、家に帰った。家に着く少しまえに、ママが思い出したように訊いた。

「カナちゃん、もしかしてボーイフレンドができたの？」

わたしはあいつらの顔を思い出し、笑いながら、答えた。

「ボーイフレンドなんかじゃないよ。ただの仲間だよ」

「てっきりそうかと思ってたわ。ここのところ急に大人びてきた感じがあったし」

大人びた、という言葉で、わたしは彩子さんと交わした《約束》のことを思い出した。

「そうだ、今度もしよかったらお化粧の仕方を教えて」

「別にいいけど急にどうしたの？」ママは不思議そうに訊いた。

「なんとなくおぼえたくなって」

彩子さんは死ぬ少しまえに、「佳奈子ちゃんに好きな人ができた時のために、お化粧の仕方を教えてあげるね」って約束をしてくれた。

ママは優しい目で微笑み、わたしがおぼえたのはいつだったかなぁ、ってつぶやいた。

久し振りに食べるインスタントラーメンは、とてもおいしかった。おにぎりを頬張ってる時にパパが帰ってきて、こんな夜中になんでそんな体に悪そうなものを食べてるんだ、って言ったから、わたしは応えた。

「おいしいよ。パパも食べてみれば？　でも、自分でコンビニに買いに行ってね」

パパは戸惑ったような顔をして、ダイニングを出ていった。わたしとママは、顔を見合わせて、またへらへらと笑った。

久し振りに夜更かしをしたその夜、ベッドに入ったわたしは、眠るまえに二つのことを決心した。

ひとつは、来年の十一月が近づいてきたら、なにも言わずにママを抱き締めてあげること。

そして、もうひとつは――。

中川に闘いを挑むこと。

8

十一月の三番目の月曜日、クラスでのシカトは本格的になっていて、わたしは朝から一言も喋《しゃべ》ってなかった。気にならないと言ったら嘘になるけれど、先週の土曜日の谷村を襲った夜を境に、自分がほんの少しだけ強くなった気がして、どうにかやり過ごせる自信があった。それに、自分が始めたことを最後までやり遂げるには、それなりの犠牲が出るかもしれないことも覚悟していた。

犠牲がシカトぐらいで済んだら御の字じゃない、がんばれわたし、と胸の中で自分を励ましつつ、三限目の準備をしているわたしに、南田の声が飛んできた。

「岡本さん」

視線を声がするほうに向けると、教室のまえのドアのところに南田が険しい顔をして、立っていた。

「お話があるので、一緒に来てください」

新たな犠牲の襲来にうんざりしながら、わたしは席から腰を上げた。でも、決してうつむいたり、こそこそしたりしないで堂々とドアまで歩き、教室を出た。

職員室の隣にある、《応接面談室》に初めて連れて行かれた。

二人掛けのソファに座らされ、小さな応接テーブルを挟んだ向かいに南田が座った。南田はなにかを探るように、黙ってわたしの顔を見ていた。わたしは南田の視線から目をそらすようなことはしなかった。負けるもんか。

南田がようやく口を開いた。

「心に、なにかやましく感じているものはありませんか？」

探してみるまでもないので、すぐに答えた。

「ありません」

「よく考えてみてください」

「ありません」

「本当ですか？」

「はい」

南田は小さく息をつき、続けた。

「男子の運転する車に乗り込むあなたの姿を見た人がいるみたいなのですが、それは間違いですか？」

誰かにあとを尾《つ》けられたんだろうか？　それとも、偶然目撃されたんだろうか？　もし偶然だとしたら、山下のせいだ。きっとそうだ。

わたしも小さく息をつき、答えた。

「間違いじゃありません」

南田は驚いたように目を大きく開いた。

「認めるんですね」

「はい」

「校則に男女交際禁止の一文があるのを、知らなかったのですか？」

「知ってます。でも、いかがわしいつきあいをしてるわけじゃないですから。彼らとはただの友人です」

南田は眉間《みけん》に深い縦皺《たてじわ》を刻んだ。

「複数の男子と交際しているんですか？」

なんかひどくめんどくさいけれど、最後まできちんと乗り切らなくては。自分が始めたことなんだから。

「交際はしてますが、ただの友人としてです」

南田は困ったようにため息をついた。

「あなたが実際にどんな内容の交際をしているかは、傍目《はため》からは判断できません」

「きちんと判断できない事柄で、わたしはこうして裁かれようとしてるんですか？」

南田の顔がとたんに険しくなった。

「誰も裁こうとはしていません。あなたが道を外さないよう、正しく指導しようとしているんですよ」

南田は深いため息をついて、続けた。

「あなたが交際している男子たちは、あなたによくない影響を与えているようですね」

それについてはなにがあっても反論したかったけれど、話がこれ以上ややこしくしても仕方がなかったし、あいつらのことをうまく説明できる自信もなかったので、言葉を喉《のど》のあたりでどうにかストップさせた。

南田はわたしの沈黙を勝利と受け取ったのか、いつもの紺色のスーツの裾《すそ》を整えたあと、かすかに微笑んで、言った。

「保護者に来ていただきましょう」

ママが学校に呼ばれ、わたしと一緒に遠まわしな嫌味を言われ、一応うちの子に限って的な反論を試みてくれたけれど一蹴《いっしゅう》され、結局わたしは校則違反とそれに対する反省の色が見られないということで、一週間の有期停学を言い渡された。

授業時間中なのに、帰宅のために教室にカバンを取りに行かされた。もちろん、ある種の見せしめのためだ。しょげているはずのわたしの姿を、みんなに見せたいのだろう。

教室に入るまえに深呼吸をして、負けるもんか負けるもんか負けるもんか、と胸の中で三回唱えたあと、教室のドアを開けた。クラス全員の視線がいっせいに突き刺さり、すぐに負けそうになったけれど、どうにか堪え、胸を張って自分の机まで歩いた。事情を知っている数学の先生は、授業を中断してわたしの退場を待っていた。机の中のものを慌てずゆっくりとカバンに詰め込み、先生に一礼して、教室を出た。

学校を出るまで、教室の窓からのクラスの子たちの視線を背中に感じていた。もしかしたら、気のせいかもしれないけれど。

歩きながらまわりを見まわしても、朴舜臣の姿は見当たらなかった。どこかでちゃんとわたしとママを見守ってくれてるんだろうか？

「どうかしたの？」とママが訊《き》いた。

わたしは、なんでもない、と応えて、続けた。

「こんなことになっちゃって、ごめんなさい。でも、先生が言ってたようなことは絶対にないから信用して」

　ママは微笑んで、言った。

「信用してるわよ。カナちゃんのことは、先生よりずっと長く見てきてるんだから」

　涙が浮かんできた。でも、ここで泣いたらさっきまでがんばったことが台無しになってしまうので、必死に我慢して涙を引っ込ませた。

「十二月に入ったらきちんと説明するから、それまで待って」

　わたしがこれからやろうとしていることを聞いたら、ママは絶対に反対するだろう。わたしが母親だったとしても、どうにか娘を止めようとするに決まってる。でも、わたしに折れる気はなかったし、ママに余計なことを言って心配させるつもりもなかった。

　ママは困ったように眉根《まゆね》を寄せ、少し考えたあとに言った。

「どうせ止めても無駄でしょ。カナちゃんはむかしから頑固だから」

　わたしは嬉《うれ》しくて、ありがとう、と言いながら、ママの腕にすがりついた。

「停学のことも、パパに内緒にしとくわね。でも、危ないことはやめてね。カナちゃんにもしものことがあったら、わたし生きてる意味がなくなっちゃうから」

　さらっとしたママの言い方が逆に重くて、わたしは言葉を失くしてしまった。ママはわたしの腕に自分の腕を絡ませ、暖かい目でわたしを見つめてくれた。

「今度、あなたの仲間を紹介してね」

わたしはすぐにうなずき、ママの腕に顔をつけ、涙が浮かんでいる顔を隠した。


生まれて初めての停学が決まった夜、南方から電話が掛かってきた。

「舜臣から聞いたんだけど、なんかあったの？」

やっぱりママと二人で帰ってるところを見ていてくれたんだ。

「あんたたちとおんなじ。停学」とわたしはがっかりした声で、言った。

「なんだよ、そんなことか」

「なんだよ、ってなによ」とわたしはむかついて、言った。

「学校公認でさぼれるんだぜ。よかったじゃないか」

これもやっぱりコペルニクス的転回？　それとも、ポジティブシンキングってやつ？

反論を諦《あきら》めたわたしに、南方は言った。

「とにかく、ちょうどよかったよ。岡本さんにやって欲しいことができたんだ」

「なに？」

「岡本さんが高校を退学になった場合に役に立つようなこと」

「不吉なこと、言わないでよ」

電話の向こうで、南方の楽しそうな笑い声が聞こえた。

「だから、なんなのよ？」

「明日のお楽しみ。アギーを午後一時にそっちに迎えに行かせるから」

翌日、いつもどおり朝の七時に起きてしまったわたしは、パパが出掛けるまでのあいだをベッドの中で過ごした。

九時にダイニングに下りて、ママと一緒に朝ごはんを食べた。

「パパがあなたのことを訊いたから、風邪がひどくて学校を休む、って言っておいたわ」

「ありがと」

約束まで時間を持て余してしまったので、停学期間中に日課で書かなくてはならない八百字の反省文を書くことにした。そもそも反省してないから書くことがなかったし、それに、相変わらず工事の騒音がうるさくて、集中できなかった。でも、まったくさえない午前中に、ひとつだけいいことがあった。ママのアリアが聞こえてこなかったのだ。

十二時から着る服を選び始め、五十分掛けてジーンズ、襟の広いホワイトのTシャツ、グリーンのニットパーカの組み合わせに決めた頃には、頭がパンクしかかっていた。これからはもう少しファッションに興味を持とうと決めた。

ダイニングの掃除をしていたママのところに行き、ちょっと出掛けてくる、と告げた。停学期間中は、本当は《やむをえない場合以外の自宅からの外出は禁止》なのだけれど、わたしはいま《やむをえない場合》に直面しているので、もちろん外出するつもりだ。ママは一瞬渋い顔をしたあと、なるべく早く帰ってくるのよ、と言って、許可をくれた。

靴を選ぶ気力は残ってなかったので、いつもの紺のスニーカーを履き、家を出た。

いつもの場所に停まっているアギーの車に、乗り込んだ。車内にはアギーと朴舜臣がいた。アギーはわたしの全身をちらっと眺め、言った。

「トータルのコーディネイトはさておき、今日はスニーカーでちょうどよかったよ」

どういう意味よ。

行き先も告げず、車がスタートした。

五分ほど走った頃、わたしはどちらにともなく訊いた。

「まだ停学中なの？」

「俺は別に停学なんか食らってないよ」とアギーは言った。

「停学は先週末で終わったよ」と朴舜臣は答えた。

「じゃ、学校は？」

「うちの学校はこの時期、午前中で終わりなんだよ」とアギーは言った。

「どうして？」

「就職活動が切羽詰まってくる時期だから、授業を早く切り上げて、就職先を探しに行くってわりさ」

わたしが話をうまく呑《の》み込めずにいると、朴舜臣は言った。

「俺たちの学校の卒業生の進路は、九割が就職だからな。おまえんとこの学校とはそもそものカリキュラムが違うんだよ」

「あんたたちは、就職活動をしなくていいの？」

アギーはケラケラと笑って、言った。

「俺たちが就職するように見えるかよ」

確かに。訊いたわたしがバカだった。

「そういえば」わたしはうしろの席の朴舜臣を見て、訊いた。「停学中に反省文を書かされた？」

「ああ」朴舜臣はうなずいた。

「あれ、どんなことを書けばいいの？」

「俺はいつもお経を書くよ」

「お経？　なにそれ」

いつも、っていぅ発言部分はあえて突っ込まなかった。

「仏教のお経だよ」

「分かってるわよ。でも、そんなんでいいの?」

「悪さをした政治家がたまに寺にこもったりするだろ。それとおんなじだよ。仏教は反省してるポーズを取りたい時に役に立つんだよ。教師にも文句を言われたことはないぞ」

だめだ、参考にならない……。

わたしが呆《あき》れて首を横に振ると、アギーはまたケラケラと楽しそうに笑った。

車は首都高に乗って千葉方面へと四十分ほど走ったあと、幕張《まくはり》インターチェンジで降り、海のほうへ近づいていった。その時になってようやく、わたしはアギーに訊いた。

「わたしがやらなきゃいけないことってなに?」

アギーが頭をうしろに向かって動かしたので、朴舜臣を見た。

「おまえには車の運転をおぼえてもらう」と朴舜臣は言った。

「どうして?」

「俺もよくわかんねぇよ。作戦を考えてるのは南方だからな。煮詰まってきたら教えてくれるだろ」

「でも、わたし、免許持ってないから運転しちゃいけないんじゃないかな」

「公道を走るなら、だよ。私有地なら免許がなくても問題ないんだ」

知らなかった。

車は海のすぐ近くにある、有名なイベント会場の駐車場に入っていった。平日の昼間のせいか、ほかの車の姿はぽつりぽつりとある程度で、五千台以上の車が停められる敷地は広大な空き地になっていた。

車は駐車場のほぼ真ん中で停まった。まわりに車の姿はない。

「さっそく始めるか」アギーはシートベルトを外しながら、わたしに向かって言った。

「降りて、運転席に乗り直せ」

言うとおりにして、運転席に座った。アギーは助手席に座り、朴舜臣は車を降りて近くの地べたに座って、煙草をふかし始めていた。

指示を待たずにシートベルトを締めると、アギーは馬鹿にしたように唇の端っこで笑った。

「さすが優等生だな。運転しにくそうだったら、シートの位置を調整しろよ」

両手をハンドルに伸ばすと、少し遠い気がした。

「シートをまえに寄せたいんだけど」とわたしは言った。

「やれよ」アギーはそっけなく答えた。

「どうすればいいの？」

「自分であれこれ考えてやってみろよ。おまえ、頭いいんだろ」

「もっと優しく教えてよ」わたしは頭にきて、言った。

「特別料金がかかるぞ。いいのか？」

「払うわけないじゃない。この守銭奴」

アギーは、おまえ絶対に歳をごまかしてるだろ、と言ってケラケラ笑った。苛立《いらだ》ちを抑えながらシートのまわりを見ると、シートの右横に矢印のマークがついたボタンがあったので、それを押してみた。シートがゆっくりまえへと動いた。わたしが誇らしげにアギーを見ると、アギーは興味がなさそうな顔で、言った。

「サルから人間への第一歩はクリアだな」

いつか轢《ひ》いてやる……。

アギーは続けた。

「オートマティックの車なんて、オモチャみたいなもんだよ。スイッチを入れりゃ、走り出すんだ。だから、何度も説明しないからな。まずは、キーをまわしてエンジンをスタートさせて、その次はブレーキを踏みながらサイドブレーキを解除して——」

「ちょっと待って！」わたしはアギーの言葉を遮った。

「なんだよ？」

「ブレーキってどれ？」

アギーは呆れたような顔でわたしを見た。

「子供の頃に、遊園地でゴーカートとか乗ったことないのかよ」

「こう見えても一応女の子だから、メリー・ゴー・ラウンドとかに乗ってたのよ」

アギーは、オーライオーライ、とめんどくさそうに言って、ブレーキの位置から教え始めた。

二十分後、発進するまでの過程を習い終えたわたしは、訊《き》いた。

「発進するまえの心構えとかないの？」

「安全運転を心掛けよう、とか俺に言わせたいの？」アギーは鼻で笑いながらそう言って、続けた。「心構えはひとつ。アクセルを思い切り踏め」

わたしはうなずいて、発進の準備を始めた。

エンジンをスタートさせ、ブレーキを踏みながらサイドブレーキを解除し、ギアをパーキングからドライブに変えた。ハンドルを両手でしっかり握る。あとは、足の位置をブレーキからアクセルに移すだけだ。アギーの顔をちらっと見た。アギーは薄く微笑んで、うなずいた。微笑みにあと押しされるようにゆっくりと足を動かし、アクセルを踏んだ——。

動いた！

すごい！

車はゆっくりだけれどまっすぐに進んでいく。フロントグラスを通して、くわえ煙草で拍手をしてくれている朴舜臣の姿が見えた。なんか嬉《うれ》しい。

「そろそろ右でも左でもいいからハンドルを切ってみろ」

アギーの指示が飛んだので、ハンドルを左に切った。車が左に曲がっていく。原理としては当たり前の動きだけれど、なんか嬉しい。車は、障害物のない駐車場の敷地の中を、わたしの思うとおりに進んでいく。

「どんな感じだ？」とアギーは訊いた。

「楽しい！」とわたしは応えた。

アギーはケラケラと笑い、停学になってよかったなぁ、と言った。

現実に引き戻されて、一気にブルーになった。仕返しをしようと、アクセルを強く踏んで急加速をしたあと、すぐに急ブレーキを踏んだ。シートベルトをしていないアギーの体が、ガクンとまえのほうに傾いた。アギーは慌ててダッシュボードに手をついて、身を守った。

「ごめんなさーい」とわたしは言った。「まだ馴《な》れてないからー」

アギーはわたしを軽く睨《にら》みつけた。ふん、いまハンドルを握ってるのはわたしなのよ。

「発進しまーす」

車がまた動き出してすぐ、アギーはシートベルトを締めた。

それから二時間ほど、停まったり走ったり、曲がったりバックしたりと、楽しい時間を過ごした。

「今日はこのへんでいいだろ」

アギーは腕時計を見ながら、言った。

「えー、もう終わり？」

わたしが文句を言うと、アギーは、やれやれといった感じで首を横に振った。

「俺はほかにもやることがあるんだよ」

車を停め、助手席に移った。朴舜臣が久し振りに車に乗り込んできて、アギーに訊いた。

「どんなもんだよ？」

アギーはエンジンを掛けながら、答えた。

「悪くないね。筋はいいよ」

かなり嬉しかった。

駐車場を出てすぐに、わたしは朴舜臣に訊いた。

「そういえば、南方たちはなにをやってるの？」

「偵察」

「なんの？」

朴舜臣は少し迷って、言った。

「おまえ、時間はだいじょうぶか？」

うなずいた。

「それじゃ、南方たちのところに顔を出しにいくか」朴舜臣はそう言ったあと、アギーに向かって続けた。「近くまで連れてってくれよ」

アギーは、オーケイ、と答え、少し強めにアクセルを踏んだ。


都心に向かって一時間ほど走ると、車はわたしがよく知っているエリアに入った。国道から狭い路地に入り、車は停まった。アギーがこのまえのサングラスとパープルのキャップをわたしに差し出した。わたしは素直に受け取り、両方を身につけた。

「じゃ、またあしたな」

車を降りようとしているわたしと朴舜臣に、アギーが言った。わたしはサングラスを外して、言った。

「今日はありがとう」

アギーは目を細めながら微笑み、ウェルカム、と完璧《かんぺき》な発音で応えた。

車の後ろ姿を少しだけ見送り、わたしと朴舜臣は目的地に向かって歩き始めた。五分ほど歩くと、先のほうに永正大学の正門が見えてきた。大学のまえには全部で四車線の国道が敷いてあり、車が絶えず行き交っていた。国道を挟んだ大学の向かい側には、いくつかの背の高いオフィスビルが並んで建っていた。

わたしと朴舜臣は大学の向かい側の歩道を、大学のほうに歩いていった。大学が近づいてくるにつれ、少しずつ緊張が高まっていった。

朴舜臣が大学の斜め向かいにある、古ぼけたテナントビルの狭い入口から中に入っていったので、わたしもあとに続いた。入口のすぐそばにあるエレベーターのまえに着き、朴舜臣が昇りのボタンを押した。エレベーターのそばの壁に貼ってある、階数の案内パネルを見ると、三階に歯医者と七階に個人事務所が入っている以外は空白になっていた。

チン、という音を立ててエレベーターのドアが開いた。狭い箱に乗り込んだ。朴舜臣は最上階の《10》のボタンを押し、続けて《閉》を押した。ガタガタという感じで箱は上がっていき、すぐに十階に着いて、チンという音を鳴らした。

エレベーターを降りて、朴舜臣のあとに続いた。廊下を左に向かい、突き当たりの鉄のドアを開けると階段があって、それを一階分のぼると、屋上へと通じるドアが現れた。朴舜臣が三回ノックしたあと、ドアを押し開けた。

屋上には南方と萱野と山下がいて、地面に広げた大きな白い紙のまわりを取り囲むように座っていた。三人がわたしと朴舜臣に向かっていっせいに手を振った。動きがシンクロしていて、なんだかおかしかった。

三人のそばに辿《たど》り着き、腰を下ろした。大きな白い紙にはなにかが描かれていて、よく見ると、どうやら大学の見取り図らしかった。

見取り図には赤いペンで矢印が何本も引かれていて、南方が立てている作戦に関係ありそうだった。

「実際に見てみれば」

南方はそう言って、大学のほうを顎《あご》で指した。わたしが低い姿勢でビルの縁へと近づいていくと、背中に南方の楽しそうな声がぶつかってきた。

「こっちが偵察してるなんて思ってないだろうから、普通にしててだいじょうぶだよ」

せっかくスパイになったような気持で盛り上がってたのに……。

姿勢を伸ばして歩き、縁に辿り着いた。屋上の四辺には、わたしの腰のあたりまでの高さの鉄柵《てっさく》が張り巡らされていた。念のために鉄柵からちょうど顔だけが出るようにして腰を下ろし、先のほうに見える大学に視線をやった。

見取り図の原寸大の風景が眼下に広がっていた。とはいっても、実際に見渡せたのは、正門と正門からまっすぐ長く伸びている幅の広い遊歩道、遊歩道の終わる場所にあるテニスコートが五つか六つぐらいは入りそうな広さの中庭、その中庭の三方を取り囲んでいる三つの校舎だけで、三つの校舎のうしろにあるはずのいくつかの小さな校舎は建物の陰になっているか、たくさん植えてある背の高い木の緑のせいで視界に捉《とら》えられなかった。

夕陽に照らされているキャンパスは、どういうわけか感傷的な風景に見えた。ふと、彩子さんと散歩をした時のことを思い出した。中庭のベンチに座って足を休めている時、彩子さんは、将来は人権擁護派の弁護士になりたいの、と自分の夢を語ってくれた。わたしは、彩子さんの夢が自分のもののように誇らしかった。

視線を中庭から三つの校舎に向けた。彩子さんはどの建物から飛び降りてしまったんだろう——。

急に肩をトントンと叩《たた》かれた。いつの間にか南方が手に双眼鏡を持って隣に立っていた。

「あれが中川だろ？」南方は双眼鏡を差し出しながら、訊《き》いた。

わたしは双眼鏡を受け取り、校舎のほうに向けたあと、両目をレンズにあてた。

「中庭の真ん中あたりで、三人の男を従えて立ってる赤いスタッフジャンパーを着た奴」

南方のガイドに従いながら、双眼鏡を動かした。

中川は自分より明らかに体の大きな三人の男をうしろに従えて、立っていた。

「中川よ。間違いない」

中川はやたらと頭を動かし、中庭を見まわしていた。中川の視線の先を追ってみると、中川と同じ赤いスタッフジャンパーを着た連中が、せわしなく動きまわっていた。ある一団は、わたしと彩子さんが座ったベンチをどこかへと撤去していた。

「永正祭まであと九日だから、もう準備を始めてんだよ」

南方の声が耳に入ってきた。

「来週の月曜からは、本格的な準備のために大学が休みになるんだ。でもって、木曜日に中川主催の銭集めのフェスティバルがオープンてわけさ」

わたしは双眼鏡を目にあてたまま、うなずいた。

中川が《用心棒》を引き連れて、遊歩道の突き当たりの校舎に入っていった。

「いま中川が入ってった校舎が第二校舎で、最上階の六階の教室に実行委員会の本部が置かれてるんだ。言うなれば、中川のアジトだね」

双眼鏡から目を離し、南方を見た。

「作戦、よろしく頼むわね」

南方は微笑んでうなずき、言った。

「岡本さんも、運転教習がんばってくれよ」

双眼鏡を南方に返しながら、うなずいた。

紙のところに戻って、煙草を吸っている朴舜臣に言った。

「パンチでもキックでもいいから、身を護《まも》る方法を教えて」

朴舜臣は煙草を地面にこすりつけて消しながら、訊いた。

「どうしたんだよ、急に」

「自分の身は自分で護りたいのよ」

朴舜臣がいつでもそばにいて守ってくれるのは心強いけれど、誰かに守ってもらっているうちは、ぞろぞろと《用心棒》を引き連れている中川と変わらない気がしたのだ。あんな奴みたいにカッコ悪い人間になりたくない。

朴舜臣が困ったように、南方たちを見た。みんなは意味ありげに微笑んだ。

「舜臣は教えるのが得意だからね」と萱野。

「岡本さん、間違いなく強くなれるよ」と山下。

「それじゃ、あしたから運転教習と格闘教習、よろしく」と南方。

朴舜臣は煙草の吸殻を山下のほうに指で弾《はじ》いたあと、めんどくさそうに眉尻《まゆじり》の傷を掻《か》いた。

ちなみに、吸殻は山下がとっさによけた方向にそれが当然のように飛んでいき、山下のおでこにぶつかった。

9

十一月の三番目の水曜日、わたしは学校の赤いジャージ姿で朴舜臣と向かい合って立っていた。

運転教習を終えたわたしは、イベント会場のすぐ近くにある県立の海浜公園に連れて行かれたあと、動きやすいようにとアギーの車の中でジャージへの着替えを命じられた。そして、いま芝生広場の芝生の上に立ち、朴舜臣と二メートルほどの距離を置いて向かい合っていたのだった。

芝生エリアの外のベンチでは、アギーがさっきからずっとわたしを見てクラケラと笑っていた。

「どっか行ってなさいよ！」

わたしが怒ると、アギーはわざとらしく手のひらを口にあてて、笑い声を消した。

「気にするな」と朴舜臣が言った。

気にならないわけがないじゃない……。

朴舜臣がふと遠い眼差《まなざ》しでわたしを見た。

「どうしたの？」とわたしは訊《き》いた。

「ちょっと懐かしくてな」

「なにが懐かしいの？」

朴舜臣は、なんでもねぇよ、と言って遠い眼差しをやめ、わたしをしっかりと見つめた。

「おまえにはボクシングの基本のワンツーを教えるよ」

「ワンツー？」

「左ジャブから右ストレートへのコンビネーションパンチだ。単純なコンビネーションだけど、きちんとマスターしたら、よほど喧嘩《けんか》馴《な》れしてる奴以外はよけられない技術だ。やってみるから、よく見てろよ」

うなずいた。

朴舜臣はゆっくりと分かりやすい動作で動き始めた。

両足を肩幅ぐらいに開き、左足を半歩ぐらいまっすぐまえに出す。

右のこぶしを手のひらの側が向くようにして顎《あご》の隣に置く。

左のこぶしは目の高さに上げて構える。

両脇はきっちりと締まっている。

「行くぞ」

朴舜臣は鼻で息を吸い込み、動いた。

空気を切り裂くような音がした。

朴舜臣はあっという間にパンチを終え、パンチを打つまえの姿勢に戻っていた。

あまりに速過ぎて、きちんと動作を目で追えなかった。

「もう一度やって」

朴舜臣は短くうなずいた。

視線を上半身に集中させた時、朴舜臣がまた動いた。

左のこぶしが地面と水平になるようにねじられながらまえに伸びたかと思うと、瞬く間に元の位置に引き戻され、その反動を利用するかのように右のこぶしもねじられながらまえに伸び、またすぐに元の位置に引き戻された。見事なほどに素早くて無駄のない動きだった。

「上半身だけを見るなよ。大事なのは下半身なんだ。もう一度やるぞ」

今度は下半身をちゃんと視野に入れた。

しゅっ、という息を吐き出す短い音とともに、朴舜臣の全身が動いた。

左足の爪先《つまさき》がほんのちょっとだけまえに踏み込まれたのとほとんど同時に左のパンチが放たれ、続きの右のパンチが伸びていくのを助けるように右足が地面を蹴《け》りながら左足のほうに寄っていった。

朴舜臣は構えを解いて、言った。

「一見両手を交互にまえに出してるだけに見えるかもしれないけど、スピードとタイミングの取り方が難しいんだ。あと、上半身と下半身の連係もな。下半身で作ったパワーを上半身にうまく運んで、そのパワーを左手で育てて成長させたあとに右手に託して相手にぶつけてやるんだ。分かるか？」

「なんとなく」

「まあいいや。とりあえず真似してやってみろよ」

準備に取り掛かった。

両足を肩幅、左足をまえ、右のこぶしを顎の隣、左のこぶしを目の高さ、両脇はきっちり締める――。

鼻から息を吸い込んで力をおなかのあたりに溜《た》めたあと、左足をまえに踏み込みながら勢いをつけて左のこぶしをまえに伸ばした。そして、すぐに左のこぶしを戻しながら右のこぶしをまえに伸ばしたけれど、右足をまえのほうに寄せ過ぎて上半身が流れてしまい、右のほうによろけてしまった。一連の流れで動くのには、かなりのバランスが必要なのが分かった。

　失敗したのが恥ずかしくて小さく舌打ちすると、朴舜臣は言った。

「ぜんぜん悪くないよ。初めてにしては上出来だよ」

　芝生エリアの外から、アギーの声が飛んできた。

「おまえ、センスあるよ！」

「嘘つき！」

　声がしたほうに向かって反射的に叫ぶと、朴舜臣が言った。

「あいつも、ああ見えてジムに通ってるんだぜ。だから見る目は確かなんだ」

　アギーのほうをちゃんと見ると、アギーは真面目な顔で親指を立てたグッドリインを送ってくれた。

「踏み込みが甘いから体が流れるんだよ」

　朴舜臣のほうに視線を戻した。朴舜臣は続けた。

「左足を踏み込んだ時、大地をぎゅっと摑《つか》む感じで足の指に力を入れるんだ。そうしたら、そこにパワーを蓄える支点ができるから、あとはそれを踏み外したり踏み越えないようにうまく動けばいいんだ。とにかく、おまえの中に絶対にぶれない芯《しん》を築け。それさえあれば、おまえは強くパンチを打てるよ」

うなずいた。

「やってみろよ」

深呼吸をして、一連の動作を始めた。そして、左足を踏み込んだのと同時に足の指に力を入れ、力の入った場所を支点にして両肩をまわすように左右のこぶしをまえへと繰り出した。今度は右足をまえに寄せ過ぎなかった。

右のこぶしを元の位置に戻したあと、構えを解き、朴舜臣を見た。朴舜臣はかすかに微笑んでいた。

「おまえ、なんかやってたろ?」

「部活だったら、中学の三年間は手芸部だったけど」とわたしは答えた。

「そんなんじゃなくて、体を動かすやつだよ」

恥ずかしかったので、答えようかどうか迷っていると、朴舜臣は、いいから言えよ、と促した。

「子供の頃にクラシックバレエを習ってたの。小学校に上がってすぐから始めて、中学受験をすることに決めた頃にやめちゃったけど」

「やっぱりな。体のバランスがしっかりしてるもんな」

「もうぜんぜんだめだよ。やめたのはだいぶまえのことだし」

「でも、マジにやってたんだろ？」

うなずいて、言った。

「踊るの好きだったから」

「だったら、そう簡単に体から抜けるわけないよ。マジにやってたもんは、頭が忘れてたって体がおぼえてるもんなんだよ。たまに踊ったりはしないのかよ？」

首を横に振った。

朴舜臣はちょっとだけ渋い顔をして、言った。

「俺が言ってもぜんぜん説得力ないと思うけど、勉強だけがすべてじゃないぜ。たまには踊れよな」

わたしが戸惑いながらうなずくと、朴舜臣は気を取り直したように短く息を吐き、言った。

「続けるぞ。さっきの要領を忘れるなよ」

レッスンが再開された。

ワンツーの動作を、何度も何度も繰り返した。

時々、朴舜臣から、「左ジャブは相手との距離を測るためのレーダーだと思え」とか、

「膝《ひざ》をもっと柔らかく使え」とか、「腕を伸ばし切った瞬間、こぶしをぎゅっと握り締めろ」とか、「頭でフォームをイメージしながらパンチを出せ。想像を自分の体を使って形にするんだ」、といったようなアドバイスが飛んできた。それらが消化されて自然に体に沁《し》み込むように、左右のこぶしをまえへと突き出し続けた。

「もういいぞ。今日は上がりだ」

朴舜臣の許しが出たので構えを解き、久し振りに腕を下ろした。

両手にダンベルを持ってるみたいに肩が重かった。膝を伸ばそうとすると太ももがつる感じがあったので、とりあえず芝生の上にお尻《しり》をつけて座った。

「よくストレッチしとけよ」

うなずいて、ストレッチを始めた。足を交差させて腰をひねった時、いつの間にか空がほおずき色に染まっているのに気づいた。汗でびっしょりの首筋に海のほうからやって来た風が吹きつけ、急な寒さを感じた。

アギーが芝生エリアに入ってきた。

「ほら」

アギーはそう言って、手に持っていたバスタオルとスポーツドリンクのペットボトルをわたしに差し出した。

「ありがとう」

　バスタオルで顔と首筋の汗を拭《ふ》いたあと、肩に掛けた。スポーツドリンクに口をつけた。本当においしかった。しぼんでいた体中の細胞が、みるみるといった感じでふくれていく気がした。朴舜臣とアギーがそばに腰を下ろした。わたしたちは言葉を交わさないまま、徐々に色が変わっていく空をぼんやりと眺めていた。

　こんなふうにして空を見上げるなんて、いつぐらいぶりだろう？

　でも、このまえがいつだったのか、思い出せなかった。もしかすると、今日が初めてなのかもしれないけれど。

　突然、遠くから飛行機のジェットの音が聞こえてきた。音がしたほうを見ると、ジャンボジェット機が機体を少しだけ傾けながら、ブドウ色の空を飛んでいた。

「そっかぁ、空港が近いもんね」

　わたしが二人のどちらにともなく言っても、なんの反応もなかった。おかしく思って二人を見ると、二人はビーズぐらいの大きさにしか見えなくなった飛行機を、相変わらず目で追っていた。ひどく遠い眼差しだった。それ以上声は掛けず、二人の視線がわたしに戻ってきてくれるまで黙って待った。

　帰りの車の中では、つい寝てしまった。

アギーに起こされた時には、車はもう家のそばに着いていた。アギーと朴舜臣にお礼を言って車を降りようとすると、朴舜臣が言った。

「下半身がなまってるから、もし余裕があったら家の中でスクワットでもしとけよ」

素直にうなずき、車を降りた。

家に入り、キッチンにいたママにただいまを言いに行くと、ママはわたしの顔を見て、言った。

「なんかすっきりした顔をしてるわね。いったいなにをしてるの？」

本当のことを言うには勇気と気力がいる気がした。でも、今日一日分はすでに使い果たしてしまっていたので、わたしは小さな嘘をついた。

「気分転換の運動をしてるの」

それからすぐにお風呂《ふろ》に入ったわたしは、バスタブに浸《つ》かりながら寝てしまい、危うく溺《おぼ》れそうになった。生まれて初めての経験にびっくりしながらも、楽しくなって笑った。

わたしは変わっていってる。

それは間違いない。


翌日の木曜日から、朝のジョギングを始めた。

パパが出掛けるのを待って家を出て、近所を走った。十分ぐらいですぐに息が上がってしまったけれど、少し歩いて息を整え、またすぐに走り出した。

四十分ぐらい走ると、お花見の時期には桜目当ての人でいっぱいになる、有名な公園に着いた。広い公園の中を、景色を眺めながらゆっくりと走り、一番大きな桜の木のまえで足を止めた。息を整えようと、目を閉じて深呼吸をした時、昨日の朴舜臣の言葉がふいに頭の中で蘇《よみがえ》った。

――たまには踊れよな。

目を開けたあと、屈伸をしたりアキレス腱《けん》を伸ばしたり、十分ぐらい掛けてストレッチをした。まわりを見まわした。柴犬《しばいぬ》を連れたおじいちゃんがこっちに向かってきていた。おじいちゃんと柴犬が通り過ぎると人の姿が見えなくなったので、ピルエットの準備に取り掛かった。片足だけでクルリと横に回転するバレエの技だ。

姿勢をまっすぐに伸ばし、右足を左足のまえに出した。

右足のかかとを左足の土踏まずのまえに置いたあと、両足の爪先が外側を向くように広げ、足の裏を地面にぴったりとつけた。

両腕を体のまえに下げ、ゆるやかな円を描くようにちょっとだけ肘《ひじ》を曲げる。

手のひらを上に向けながら両腕を胸の高さまでゆっくりと引き上げたあと、羽を開くくみたいに真横に水平に広げた。右足は右手の動きにシンクロするように、爪先を伸ばしたまま横に広げた。

行くぞ——。

広げた右足を左足のうしろに持っていって地面につけ、両足の膝を少しだけ曲げた。

右手をうしろのほうへ開いていくのとほとんど同時に、右足で地面を軽く蹴《け》った。蹴った右足の爪先を左足の膝のまえに引き上げた。その勢いで左足のかかとが地面から離れ、左足だけの爪先立ちになった。

あとは、勢いのついた右手の導きに従いながら、背中をしっかり伸ばしたまま右にクルリと一回転し、正面に戻ってきたら右足を着地させるだけ、の予定だった。

でも、わたしは半周ぐらいまわったところでバランスを崩し、よろけながら右足を無様《ぶざま》に着地させてしまった。

バレエシューズじゃなくてスニーカーだからだ、とすぐに自分に言い訳したけれど、できなかった本当の理由はよく分かっていた。四年近くも踊っていなかったのだ。

わたしは深呼吸をしたあと、家に向かって走り出した。

家に戻って、キッチンで牛乳パックに口をつけて飲んでいるところをママに見られてしまった。

「お願いだから、女子プロレスラーを目指す、とか言わないでね」

ママの真剣な顔が面白くて、牛乳を吹き出してしまった。ちょっとだけ落ち込んでたので、ママの勘違いが救いになった。

シャワーを浴びたあと、ほんの少し体を休めるつもりでベッドに横たわると、いつの間にか寝てしまった。目を覚ますと十二時四十分で、服を選んでいる暇がなかったので、昨日と同じコーディネイトのまま家を出た。車に乗った瞬間、ノギーに鼻で笑われた。

駐車場に行って車を運転し、公園に行ってパンチの練習をした。車のほうはなんの問題もなく動かせるようになった。パンチのほうは、なんとか様になりかかっていたけれど、それは形だけのことで、中身がともなわない軽いパンチのような気がした。

「まだ二日目だぞ、焦るな」と朴舜臣は言った。「とにかくいまはこぶしをまえに出し続けろ」

朴舜臣の言葉にうなずき、無心にワンツーを繰り返した。

金曜日、土曜日、日曜日と、ジョギングと車の運転とパンチの練習をして過ごした。あとは、公園でこっそりピルエットの練習も。

そして、月曜日から学校に戻るのに、反省文のことをすっかり忘れてしまっていたのに気づいた。いまさら真面目に書く気にもなれなかったので、日曜日の夜に慌てて近所の本屋に駆け込み、お経の本を買ってきて机に向かった。

　お経を原稿用紙のマス目に埋めていくうちに、心がシンと静まっていくような気がしてきた。

　写経をする人たちの気持が分かるかも、なんて思いながら、マス目を埋め続けていると、机の上に置いてあった電話の子機がベルを鳴らし始めた。二回でベルが止んだ。下の親機でママが取ったのだろう。でも、すぐに通話を転送する時に鳴る『ドナドナ』のメロディが子機から流れ始めた。南方からかな、と思いながらペンを置き、子機を手にした。通話ボタンを押し、耳にあてると、聞こえてきたのは――。

「佳奈子ちゃん？　中川です」

　突然のことに言葉を失くして黙っていると、中川はかまわずに続けた。

「このまえはあんまり話せなくてごめんね。その後はどんな感じ？」

　中川に聞こえないように、静かに深呼吸をして、言った。

「どうして電話番号を知ってるんですか？」

「携帯の着信履歴に残ってたんだよ。先にかけてきてくれたのは、佳奈子ちゃんのほうだろ？」

　ちゃん付けがひどく耳に障る。いますぐに電話を切りたかったけれど、中川の狙いが見えなくて、切りづらかった。もしかしたら、わたしたちの計画がばれてしまったのかもしれない。

「なんか用ですか？」

「ひどい言い方だな」中川はショックを受けたように、声のトーンを少し落とした。「佳奈子ちゃんのことが心配で電話したのに」

「……そうですか。お気遣い、ありがとうございます」

「他人行儀だなぁ。佳奈子ちゃんの機嫌を損ねるようなこと、なんかしたかな？」

あくまで善意の第三者を装うつもりらしい。そういうことなら、わたしも茶番につき合うことにした。

「まだ彩子さんの一件から立ち直れてなくて」

「分かる気がするよ。僕も学園祭の準備で忙しくしてなかったら、やりきれなかったと思うよ。そういえば、このまえ言ってた証拠とかいうのはまだ持ってる？」

ようやく手の内を見せ始めたようだ。わたしは答えた。

「なんかどうでもよくなって、捨てちゃいました。わたしの思い過ごしだと思ったし」

「そっかぁ……。佳奈子ちゃんがやけに気にしてたから、ちょっと見てみたかったんだけどね。でも、そのほうがよかったかもね。変な疑いをかけられたままだったら、彩子ちゃんも浮かばれないだろうし」

「……そうですね」

「だからさ」中川の声が、心なしか強さを帯びた。「早く忘れたほうがいいよ。余計なことに首を突っ込むと、ロクなことがないからさ。ね？」

「……はい」

「そうだ」中川の声が急に明るくなった。「今週の木曜日から日曜日まで学園祭をやってるから、ぜひ遊びに来てよ。佳奈子ちゃんはＶＩＰ待遇で入場料はタダにするからさ」

「……行けたら行きます」

「来れそうだったら、まえの日にでも電話をくれよ。僕が正門まで出迎えるからさ。そのあとは色々と案内するよ」

「お気遣い、ありがとうございます」

「本当に他人行儀だなぁ。佳奈子ちゃんとはこれからも仲良くしていきたいと思ってるんだから、余計な遠慮はしなくていいからね」

「……はい」

「話せてよかったよ。それじゃ、また近々」

「はい、失礼します」

中川のほうから電話が切れるのを待ったけれど、その気配はなかった。電話線を通して、中川の沈黙が次々とわたしの耳に流れ込んでくる。沈黙に含まれているはずの悪意や陰湿や脅迫や圧力で、頭の中が埋まってしまいそうだった。怖がっているのを悟られないように、ゆっくりと電話を切った。

子機を急に疎ましいもののように感じたので机の端っこに置き、ベッドに寝転がった。電話の感じでは、中川は多少怪しんでいるものの、わたしたちの計画が進んでいることには気づいてない様子だった。永正祭が間近に迫ってきているから、わたしが彩子さんの件で騒ぎ立てないよう暗に念を押す電話だったのだろう。それにしても、なんて狡猾《こうかつ》で周到な奴なんだろう。急に腹が立ったので、ベッドから飛び降り、見えない中川に向かってワンツーを放った時、また電話のベルが鳴った。

思わず、きゃっ、という短い悲鳴を上げてしまった。まるで安っぽいホラー映画のワンシーンみたいだった。そして、そういった映画のヒロインは決まってしつこい殺人鬼に追いまわされ、瀕死《ひんし》の目に遭うのだ……。

また電話のベルが二回目で止み、すぐに『ドナドナ』のメロディが鳴った。深呼吸をしたあと、電話に出た。

「オッス」

南方の声だった。全身から力が抜けてしまいそうだった。

「なによー。驚かさないでよー」

思わず文句を言ってしまうと、南方が訊《き》いた。

「どうかした？」

一瞬、中川の電話のことを話すべきかどうか迷ったけれど、やめておいた。いまの状況で南方の頭を無駄に混乱させるようなことは言うべきではないと思ったのだ。

「なんでもない。いま、ホラー小説を読んでたの。だから」

「ちなみに、なに読んでたの？」

とっさに頭に浮かんだ名前を言った。

「ドストエフスキー」

「ドストエフスキーってホラーだったたっけ？」

「ホラーみたいなもんじゃない。それより、なんの用？」

「このたびは初のおつとめ、ご苦労様でした」

南方は茶化した声で言った。たぶん、停学のことだろう。

「いま反省文を書いてるんだから、邪魔しないで」

「あれ、ドストエフスキーを読んでたんじゃなかったたっけ？」

「ちょっと息抜きしてただけよ」

「まあいいや。明日から舜臣を朝のお迎えにつけるかどうかなんだけど——」

南方の言葉を遮った。

「あんたたちも学校があるんでしょ。わたしはだいじょうぶだから」

「なんか気になる感じはない？」

「……だいじょうぶだって。もし今度襲われたらちゃんと大声を出すし、それに、そのためにいま必死にパンチを習ってるんだから」

「うーん……」南方は迷っているようだった。

「朝っぱらから襲われるわけないじゃない。心配し過ぎよ」

「分かったよ。でも、くれぐれも気をつけてくれよ。中川がもし勝負を懸けてくるとしたら、これからの一週間しかないんだから」

「うん、気をつける」

「そうそう、明日の夜、ミーティングをやるから。色々調べて中川の背景がだんだん見えてきたよ」

「分かった。明日の夜ね」

「おう。じゃあな」

「じゃあね」

南方と話したことで、さっきまで感じていた不安がほとんど消えているのに気づいた。

わたしは明るい気持でワンツーを放ち、机に戻ってお経の続きを書き始めた。

その時のわたしはまだ甘く見ていたのだ。

中川のことを——。

10

十一月の四番目の月曜日、学校が始まる一時間まえに登校したわたしは、《応接面談室》で南田に反省文を手渡した。

南田は眉間《みけん》のあたりを曇らせながら反省文にざっと目を通したあと、いったん《応接面談室》から姿を消した。たぶん、自分の手に余ると判断して、教頭か校長にでも相談しにいったのだろう。

二十分ほどして、南田が何事もなかったような顔で戻ってきた。手には反省文を持っていなかった。南田は控え目にわたしの顔を見つめて、言った。

「課題の不提出、解除の申し渡し時の遅刻と服装の乱れ、謹慎期間中の不必要な外出や友人との接触の報告、それらが認められなかったため、本日をもって停学を解除します」

どうやら反省文は、なかったことにするらしい。朴舜臣の言ったとおりだった。

「ありがとうございました」

そう言ってソファから腰を上げようとすると、南田が、待ちなさい、と引き留めた。

「停学期間中、どんなことを思いましたか？　正直に答えなさい」

わたしはソファに座り直し、姿勢を正して、正直に答えた。

「今回の経験をとおして、自分が強くなっていっているのを感じています。今回の経験はこれからのわたしにとって、貴重な財産になる気がしています」

南田は満足そうにうなずいた。わたしの言葉を聞き、自分の中でなんらかの折り合いをつけることができたのだろう。

「ほかになにか言いたいことはありますか？」

少し迷って、答えた。

「ありません」

南田はまた満足そうにうなずいて、言った。

「これから先、今回のようなことが二度と起こらないよう、気をつけなさい。では、教室に戻って、授業の準備をしなさい」

わたしはソファから立って一礼し、《応接面談室》を出た。

こんなもんか。

教室に向かって廊下を歩きながら、そう思った。

停学が解かれて学校の一員に戻れた時、どんな気持になるんだろう、とゆうべ眠るまえにあれこれ考えてみたのだ。嬉《うれ》しかったりうんざりしたり、もっと大きな感情に包まれるかと思ったのだけれど、まったくそんなことはなかった。まるで他人事《ひとごと》のように感じる。教室に入った。授業が始まる十分ほどまえで、席の九割は埋まっていた。わたしのことに気づいてクラスの話し声が徐々に消えていき、わたしが席に着いた時には教室は静まり返っていた。机に変な落書きもなく、机の中に変なものも入ってなかった。

こんなもんか。

シカトぐらい、たいしたことじゃない。

わたしには、もうひとつの世界があるんだから。

学校が終わってすぐに、もうひとつの世界へと向かった。

ただし、学校の最寄り駅から三つ離れた駅で電車を降り、背後にわたしを尾《つ》けている怪しい人影がないかどうか確かめながら。

改札で朴舜臣と合流し、アギーの車が停まってる場所に向かった。

車に乗っていつもの特訓場へ向かっている途中、アギーと朴舜臣にわたしが今日感じたことを話した。アギーと朴舜臣は少し困ったような顔をして、聞いていた。わたしは不思議に思って、どちらにともなく訊《き》いた。

「わたし、変なこと言ってる？」

「別にそんなことはないよ」とアギーは言った。「でも、あんまりクールになり過ぎるなよ」

「どういうこと？」

「なんて言えばいいのかなぁ……」

アギーは助けを求めるように、バックミラーで朴舜臣の顔を見た。

「おまえはいま、色んなことに気づき始めてる時期なんだよ」

バトンタッチを受け、朴舜臣は言った。

「どういうこと？」とわたしは訊いた。

「おまえのまわりを取り囲んでるシステムとかカラクリとか、おまえがこれまで特別に意識してこなかったものだよ」

「それがいけないこと？」

「いけなくはないよ。ただ、もしおまえがシステムとかカラクリに疑問を感じたり窮屈に思うようだったら、きちんと怒り続けるべきだよ。こんなもんか、なんて思わないでな」

いまいちよく理解できないでいると、アギーが補足した。

「おまえは頭がいいから、システムとかカラクリが見えてくると、今度はそれを使って人を出し抜く方法を簡単に見つけ出せるようになるよ。それか、他人がしてることにいつも冷たい笑いを浮かべながら、楽に生きてく方法とか」

「……わたしが中川みたいになるってこと？」

車が赤信号に捕まり、停まった。アギーはハンドルから手を離し、わたしを見つめて、言った。

「そういうことじゃないよ。いまのおまえは頭で考えたことより、ハート（心）とソウル（魂）で感じたことのほうを大切にしたほうがいいってことだよ」

アギーを見つめ返した。

「とにかく」と朴舜臣は言った。「当分のあいだは頭で納得できても心が納得しなかったら、とりあえず闘ってみろよ。こんなもんか、なんて思って闘いから降りちまうのは、ババアになってからでいいじゃねぇか」

いつもの駐車場に着き、車の中でジャージに着替えたあと、まずは運転の練習を始めた。

一時間ほど運転した時、助手席のアギーが言った。

「もう教えることはほとんどないな。ホテルの駐車係とかだったら、おまえけいますぐにでも就職できるよ」

海浜公園の芝生広場に移動し、ワンツーの練習を始めた頃にはもう陽が暮れかかっていた。暗闇をこぶしでかき消してやろうと、必死にパンチを繰り出していると、朴舜臣が言った。

「下半身がかなり安定してきてるよ。ジョギングの成果が出てきてるな。こぶしに重さが載ってるのを、自分でも感じるだろ?」

ワンツーの練習も一時間ほどで切り上げ、車の中で私服に着替えたあと、南方との待ち合わせに向かった。

停学明けの一日にしてはさすがにハードで疲れが出てしまい、車の中では眠気と闘いながらずっと黙っていた。高速から一般道に入ってすぐ、車が車道の脇に停まった。

「ちょっと待っててくれ」

アギーはそう言って車を降りた。どういうわけか朴舜臣もアギーのあとを追って、車を降りた。二人はすぐ近くにあるコンビニに入っていった。三分ぐらいすると、二人が出てきた。アギーは手にコンビニの小さなレジ袋を持っていた。

車に乗り込んですぐ、アギーはレジ袋をわたしにぶっきらぼうに差し出した。

「ほら」

受け取って中を見ると、高そうなオレンジシャーベットのカップがひとつだけ入っていた。

車が動き出した。わたしはどちらにともなく訊いた。

「どうしたの、急に?」

アギーがまえを見て運転しながら、答えた。

「運転とパンチが上達したから、ご褒美だよ」

ちらっと朴舜臣のほうを見ると、朴舜臣は窓の外を見て知らんぷりを決め込んでいた。

ご褒美というのは、たぶん、嘘だ。行きの車の中での会話をわたしが気にして落ち込み、黙っていると思ったんだ。きっと。

「なんで二人で買いに行ったの?」

「別に深い意味はないよ。俺だけじゃおまえの好みが分からなかったからだよ」

相変わらずまえを見たまま、アギーは答えた。

「で、オレンジシャーベットに決めたの? どうして?」

うしろから朴舜臣のめんどくさそうな声が聞こえてきた。

「おまえと初めて会った時、ファミレスでオレンジジュースを飲んだろ。だからだよ」

二人がコンビニのアイス売り場のまえでわたしの好みを話し合ってる姿を想像して、思わず笑ってしまった。

「バカみたい」

「没収するぞ」アギーは真面目に言った。

わたしは没収されないようにカップをしっかり抱えて、言った。

「ありがとう」

さっそくオレンジシャーベットを食べた。わたしがこれまでに食べたシャーベットの中で、一番おいしかった。


車はどんどん北に上がったあと、池袋《いけぶくろ》駅を西のほうに跨《また》いで十分ほど走ったところにある、屋外の小さな駐車場に入った。

「今日はどこで会うの？」

シートベルトを外しながら、訊いた。

「俺の家」アギーは答えた。「あまり人に見られない場所がいいだろ？」

駐車場から三分ほど歩くと、アギーの家に着いた。三階建ての小さくて古ぼけたマンションで、とてもレンジローバーを乗りまわしている人が住むような家には見えなかった。

外についている階段を三階までのぼり、廊下の一番奥の部屋まで歩いてドアを開けると、中からにぎやかな話し声とカレーの匂いが溢《あふ》れ出てきた。

「我が家へようこそ」

アギーがそう言って、わたしを先に部屋に入れてくれた。玄関にはたくさんの靴が横になったり裏返しになったりして並んでいた。

「オッス」

玄関を上がってすぐのところにキッチンがあって、そこに置かれた四角いテーブルに南方が座っていた。手にはカレーが盛られたお皿を持っていた。

「お先っす」

南方はそう言って、カレーが載ったスプーンを口に運んだ。

わたしが靴を脱ぐスペースを探していると、目のまえに誰かが立った。

「いらっしゃい」

その優しい声に導かれるように視線を上げると、目のまえに肌の色が浅黒くて、彫りが深くて、瞳《ひとみ》が薄いエメラルド色で、まつ毛が長くて、下唇がほどよく厚くて、胸も大きな色っぽい女の人が微笑みを浮かべながら立っていた。間違いなくアギーのママだろう。

わたしは靴を脱ぐのを中断し、慌てて頭を下げた。

「はじめまして。岡本佳奈子と申します」

アギーのママは、カナコちゃん、と確かめるようにつぶやき、両手を伸ばしてわたしの頬を包むように優しく触ったあと、微笑みを深めて言った。

「上がって。自分の家のように思ってね」

一瞬意識が遠のきそうになったけれど、どうにか堪えた。

家には南方と萱野と山下、それに新しい顔が二人いた。

「こっちが井上で、こっちが郭。高校の同級生で、俺たちの仲間」

南方に紹介された井上と郭は、よろしく、と言いながら、わたしに向かって軽く手を振った。

カレーを急いで食べ終えた南方たちがキッチンからリビングに移動し、テーブルにはわたしとアギーと朴舜臣が座った。アギーがママに頭を軽く叩《たた》かれた。アギーは、分かってるって、と言いながら席を立ち、洗面所に行って手を洗って戻ってきた。わたしと朴舜臣は目配せをし合い、席を立って洗面所に向かった。手を洗って戻ってくると、テーブルにはカレーのお皿が載っていた。

「いただきます」

わたしたちはいっせいに言って、カレーを食べ始めた。本当においしかった。特別なスパイスが使われているとかそういうことではなくて、普通のカレーだったけれど、作り手のスタイルがきちんと馴染《なじ》んでいるような味だった。

「とてもおいしいです」

わたしが正直な感想を言うと、アギーのママははにかんで微笑み、ありがとう、と囁《ささや》くような声で言った。まるで幼い女の子のように見えた。もっと褒めたりいじめたりして構わずにはいられないような気になったけれど、それをきっかけに自分の中に隠れている予想もつかないなにかが出てきてしまうと怖かったので、どうにか堪えた。

わたしたちがカレーを食べ終えようとしていると、リビングから、あーっ！　という山下の悲鳴が聞こえてきた。リビングを覗《のぞ》くと、なにがどうなってそうなったのかは分からないけれど、山下の頭のてっぺんのあたりに、爪楊枝《つまようじ》が一本まっすぐに刺さって立っていた。南方と萱野と井上と郭は、床の上でおなかを抱えて笑い転げている。山下は自分で抜くのが怖いのか、助けを懇願するような目でこちらをじっと見つめていた。アギーのママは山下に近寄り、なんの躊躇《ちゅうちょ》もなく爪楊枝を一気に引き抜いた。

「バカなことをするんじゃないの！」

アギーのママに叱られた山下は、頭のてっぺんを両手で押さえながら、涙目でうなずいた。

わたしとアギーと朴舜臣もリビングに移動し、作戦会議を開始した。アギーのママはキッチンの片づけをしていた。手伝いたかったのだけれど、アギーのママに、ゲストは働かなくていいの、と止められてしまった。

「さてと」と南方は言った。「ここのところずっと井上と郭に中川の動きを追ってもらってたんだ。俺たちはのちのちのために面が割れないほうがいいと思ってね」

南方が井上と郭を見ると、まず井上が口を開いた。

「俺は大学の中を担当したんだけど、中川はやたらと体育会の主将と接触してたよ。特に、アメフトとかラグビーとかサッカーとか柔道とか、メジャーな部の主将とね」

「どうして相手が体育会の主将だって分かったの？」とわたし。

「体育会の連中は学生服を着てるからね。それに、体育会は上下関係に死ぬほど厳しくて、主将には後輩がやたらとぺこぺこしてるから分かりやすいんだよ。あとは念のために体育会のホームページに載ってる顔写真で確認しておいた。とにかく、中川は教室に設けた実行委員会の本部に主将連中を呼んで、なにかを話し合ってるみたいだったよ」

「なにを話し合ってたのかは分からないの？」とわたし。

「無理だね」と井上。「本部のドアのまえにはいつもガタイのでかい連中が怖い顔をして立ってて、話を盗み聞きするどころか、近寄れさえしないよ。結局、俺が摑《つか》めたのはそこまで」

井上が郭を見た。郭はうなずき、口を開いた。

「俺は大学の外を担当したんだけど、中川の奴、ほとんど大学から出てこないから、仕事がないも同然だったよ。永正祭が近いせいかもしんないけど、大学の中に泊まり込んで家にも帰らないんだ。やっと動いてくれたのが先週の土曜日の昼で、中川はボディガードを引き連れて世田谷《せたがや》にあるサッカーの競技場に向かったんだ」

「なにそれ？」とわたし。

「中川はプロのサッカーチームの入団テストを受けに行ったんだ」

あまりの突飛な展開に、わたしが言葉を失くしていると、南方は冷めた声で言った。

「誰も得しない冗談はいいから、真面目に続けろ」

郭はいたずらっ子のようにニヤリと笑った。わたしが軽く睨《にら》みつけると、郭は、こわいなぁ、と楽しそうに言って、続けた。

「中川が向かった競技場では、《新しい政治にキックオフ》っていうお寒いタイトルのサッカーイベントが開かれてた。入場制限がかかってなかったから俺も中に入って、中川の席の近くでイベントを見物したんだけど、ひどいもんだったよ。ぶよぶよになまった体の政治家がフィールドの中で若者たちとボールを蹴《け》り合ってるんだ。なんかさわやかな笑顔を浮かべてさ。その政治家の顔をどっかで見たことあるなぁ、って思ったら、今年の頭に未成年への買春疑惑でなんかの大臣を辞職した与党の笹山徹だったよ」

「法務大臣だよ」と南方は補足した。

「笹山は球蹴りが終わったあと、若者たちとマスコミ用の記念撮影会を始めたよ。観客席にいた若者たちもフィールドに呼び入れて、肩なんか組んじゃってさ。ヤラセ臭いったらなかったよ。もうプンプン匂ってた。中川もフィールドに下りていったんだけど、記念撮影には参加しないで、イベントの終わり間際に笹山と意味ありげに握手しただけだった。そのあとは、大学に戻って引きこもり生活に復帰ってわけ。俺が摑んだのは、そんなもん」

郭が南方を見ると、南方はうなずいて、口を開いた。

「永正祭のアガリ、体育会の主将たちとの接触、笹山との接触、この三つの点を線に繋《つな》げるものをアギーが見つけてくれたよ」

南方がアギーを見ると、アギーはズボンのヒップポケットから二つに折られた白い封書を抜き出し、センターテーブルの上に置いた。アギーが促すようにわたしを見たので、封書を手に取ってまっすぐに伸ばした。横書きだったし、文字が綺麗《きれい》に印字されていたので、一瞬なにかのダイレクトメールかと思ったけれど、違った。封書の表側の真ん中には住所と女の人の名前、そして、左隅には、《永正大学評議員会選挙　投票用紙在中》の太字があった。

「例の実行委員の女の家で見つけたんだ」とアギー。「初めは見過ごしてたんだけど、ピンとくるものがあって中を見てみたんだ」

アギーの目に促され、封書の中身を取り出した。アギーは続けた。

「評議員会ってのはどこの大学にでもある最高の決定機関で、予算とか決算とか新しい校舎を建てる時の承認とか、学長やら理事やらを選ぶ時とか、とにかく重要なことは全部評議員会を通さなくちゃならないんだ。永正大学じゃ四年に一回評議員を決める選挙が開かれるんだけど、この展開だったら次の選挙がいつ開かれるか分かるだろ?」

だいたい予想がついたけれど、確かめるために封書の中に三枚入っていたB5サイズの紙の、一枚目を見た。選挙の詳細を記してある紙で、次回の投票日は十二月十五日になっていた。アギーは続けた。

「選挙は在校生と卒業生の投票で決まるんだ。でもって、選挙に立候補できるのは永正の卒業生だけ。二枚目と三枚目を見てみな」アギーはわたしを促した。「見たことのある名前がやたらと並んでるよ」

二枚目と三枚目を見た。被選挙人名簿だった。確かに新聞やテレビでよく見掛ける政治家や企業の社長や文化人の名前が五十音順にずらっと並んでいた。ある名前に気づいて、言った。

「笹山の名前があるわ」

アギーはうなずいた。

「笹山はもう四期も評議員を務めてて、今回が五回目の選挙になるんだけど、例の買春疑惑があった。中学生の女の子を金で買ったっていう噂が立って大臣を辞めてるんだ。普通の選挙なら落選確実だな。でも、評議員会選挙は違う。どうしてだと思う？」

わたしは少し考えて、言った。

「票をまとめるのが簡単だからでしょ？　たとえば、体育会みたいな集団があるから」

「正解」アギーは微笑んで、言った。「大学側は立候補した連中のメンツを考えて毎回選挙結果の詳細を公表しないんだけど、評議員会選挙に関して当たり前のように言われてるのは、『運動部が投票すれば当選する』ってことらしい。だいたい、定員百名のところに立候補するのは毎回多くても百三十人ぐらいのもんらしいから、そうそう落ちるような選挙じゃないんだ。立候補するにもまずは大学側の審査と承認が必要だしな。要は、選挙は名士クラブの最後の入会審査会みたいなもんなんだよ。でもって、笹山は今回の審査会に落選する三十人に入る可能性が出てきて、中川はたぶんそこにつけ込もうとした。永正祭のアガリで体育会やらほかの在校生やらの票を買って笹山を当選させて、貸しを作ろうってな」

「評議員の肩書きって、笹山にとってそんなに大事なの？」と山下。

「永正は名門だからな。経歴に入ってりゃそーとー見映えはするだろ」と南方。「それに、笹山にとってはどうしても落ちたくない選挙のはずだよ。来年には本番の選挙もあるし、出足を挫《くじ》かれたくないんだろ、きっと。中川はそこまで考えて、話を持ちかけたんだろうし。いや、もしかすると、笹山のほうからなんらかのツテをたどって話を持ちかけたかもしれないけどな」

「ちなみに」とアギーは言った。「例の実行委員の女は、中川に、俳優の石原隆太郎に投票しろ、って命令されたらしいぞ」

南方たちが顔を見合わせた。朴舜臣は眉尻《まゆじり》の傷をポリポリと掻《か》いた。

「石原は政治家への転身を図ってるみたいだから、評議員会選挙は前哨《ぜんしょう》戦とでも思ってるのかもな」

「石原隆太郎がどうかしたの？」

わたしの問いに、南方が応《こた》えた。

「まぁ、色々とあってね」

「とにかく」とアギー。「中川は今回の選挙であちこちに貸しを作って、将来のなんらかの野望のために使うつもりでいるんだろ。きっと」

「自分で選挙に出る時のためとか？」と萱野。

「かもね」とアギー。「あとは直接中川に聞いてみてくれよ。奴がなにを考えてるかなんて、これ以上想像したくもねぇよ」

「さてと」と南方。「だいたい見えてきたな。アギーにはもう少し裏を取ってもらって、俺たちは作戦の詰めに入ろうぜ」

「作戦て、どんなことを考えてるの？」とわたし。

南方は少しだけためらったあとに、言った。

「岡本さんにはもう少し煮詰めてから話そうと思ってたんだけどね――」

作戦を聞いた。

呆《あき》れて首を横に振った。

「よくそんなことを考えるわよね」

「そうかなぁ。誰でも考えつくと思うけど」と南方は言った。

わたしは小さくため息をついて、言った。

「あんたたち、やっぱりおかしいわよ」

南方たちは、いっせいに不敵な笑みを浮かべた。

わたしは、首を横に振りながら大きなため息をついた。

九時をまわったのをきっかけに、今夜は解散することになった。

「ごちそうさまでした」

玄関でアギーのママに頭を下げてお礼を言うと、ママはまた両手でわたしの頬を包んで、優しい微笑みを向けてくれた。

「ひとりでもいいから、また遊びに来てね。絶対よ」

わたしは、はい、と言って、しっかりうなずいた。

駐車場で南方たちと別れ、アギーの車で家まで送ってもらった。

「お母さん、すごくいい人ね」

帰り道の途中で、アギーに言った。

アギーは嬉《うれ》しそうにママそっくりの微笑みを浮かべた。

「アギーのお父さんはなにしてる人?」

「知らない」アギーは顔から微笑みを消し、そっけなく答えた。「会ったことないし」

五分ぐらいの沈黙のあと、アギーはおどけたように言った。

「噂ではメキシコでプロレスラーをやってるって。リングネームはサボテンマスク」

あんまり面白くなかったけれど、わたしは笑った。それからアギーは、山下がプロレスを観に行った時にレスラーの投げたパイプ椅子に当たって失神した話や、体育祭の騎馬戦で山下の騎馬にだけ敵の騎馬が全部集まった話をしてくれた。本当に面白かったので、わたしは大笑いした。

「南方たちは山下をスペインの牛追い祭りに連れて行きたいとか言ってるんだけどさ、俺はオーストラリアのグレートバリアリーフかなんかに連れてって、サメが集まってくるかどうか確かめたいんだよね」とアギーは真面目な顔で言った。

「確かめてどうするの？　学会にでも発表するの？」

「そんなことしてなんの得があるんだよ。フカヒレでひと儲《もう》けするために決まってんだろ」

わたしが呆れて首を横に振ると、アギーは楽しそうにケラケラと笑った。

家が近くなってきたから、わたしはずっと訊《き》きたかったことを訊いた。

「どうしてみんな中川みたいな奴の言うことを聞くのかな」

アギーは首をすくめたあと、応えた。

「よく分かんないけど、たぶん、めんどくさいんだろ」

「どういうこと？」

わたしがそう訊いたのとほとんど同時に、車が信号に捕まって、停まった。小さな交差点で、横断歩道を渡る人の姿も、まえを横切る車の姿もなかった。アギーが急にアクセルを踏み、車は赤信号を無視してまえへと進んだ。

「赤だったよ。気づかなかったの？」

わたしはびっくりして、訊いた。

「気づいてたよ」アギーはけろりと答えた。「車も人もいないのに、どうして停まってなきゃならないんだよ」

「だって――」

「ルールだから？」

「うん」

「もしあの信号が誰かに操作されてたとしたら？　俺たちがまえに進めないようにって」

「そんなのありえないわよ」

「なんで言い切れる？」

「…………」

「そもそも信号って、誰が操作してるんだよ？」

「…………」

「とにかく、俺は自分の頭で考えて、目で確かめて、まえに進んだんだ。ほかの車にぶつかる可能性も、人を轢《ひ》く可能性もないと思ったからな。でも、たいていの奴はあの場面でも信号が青になるまで待つだろう。それが世間にまかりとおってる常識だし、百パーセントの安全を確保できるし、それに、誰かに信号無視を見られて非難されることもないだろうしな。要は、信号が変わるまで待ってるほうが、めんどくさくなくて楽なんだよ」

　車がまた赤信号で停まった。今度は人もいたし、車もまえを横切っていた。アギーはわたしを見つめて、続けた。

「俺たちを動けないように縛ってるのは信号機じゃなくて、目に見えないもんなんだよ。中川はその操作の方法がうまいんだろ、きっと。でも、俺とか南方とか舜臣とか萱野とか山下は、自分たちの目と頭が正しいって判断したら、赤信号でも渡るよ。で、おまえはどうするよ？」

11

十一月の四番目の水曜日、勤労感謝の日。

明日から永正祭が始まり、わたしたちの作戦決行日の日曜日まではあと四日に迫っていた。

でも、わたしは相変わらず朝から車の運転練習をしていた。いつもの駐車場は祭日だけに混んでいて、自由にスペースを使えなかったから、わたしは進入ゾーンをグルグルとまわっていた。

「適当なところに駐車しろ」

助手席のアギーが指示を出した。わたしは近くで空いていた駐車スペースに車を停めた。

「練習は今日で終わりだ」とアギーは言った。「よくがんばったよ」

「ありがとうございました」

わたしがきちんとお礼を言うと、アギーは柔らかく微笑んで、いつも変装の時につけていたサングラスを差し出した。

「やるよ。いつか外に出て運転する時にかけろよ」

アギーからの《免許証》を受け取って、言った。

「ほんとにありがとう」


芝生広場に移り、一時間ほどワンツーの練習をした頃、朴舜臣がわたしのまえに立った。わたしはファイティングポーズを解き、息を整えながら朴舜臣ときちんと向き合った。

「もう空気を相手にするのも飽きたろ」と朴舜臣は言った。「俺を殴ってみな」

「え？」

「これまで練習してきた成果を見せてみろよ」

「でも……」

「おまえは人を殴るための技術を練習してきたんだぜ。俺もダンスの振り付けを教えたわけじゃねぇしな」

わたしが戸惑っていると、朴舜臣は挑むようにわたしの目をじっと見つめて、言った。

「人を殴らないで済むなら、それに越したことはねぇよ。でも、こっちの世界に来ないなら、これまでやってきた技術はきっぱり捨てろよ。知った気になって中途半端な技術を振りかざすのが、一番大怪我をするんだ」

わたしは朴舜臣の目をきちんと見つめ返し、ゆっくりとファイティングポーズを取った。

あんたたちの世界に行ってやるわよ。

朴舜臣は不敵に笑ったあと、わたしに向かってお辞儀をした。ただし、顔はまっすぐまえを向いたままで、目はわたしを見ていた。おかしなお辞儀だった。

「なにそれ？」

朴舜臣はお辞儀をやめ、残念そうな顔でわたしを見た。

「おまえも観たことねぇのかよ、『燃えよドラゴン』」

「なにそれ？　マンガ？」

朴舜臣は、もういいよ、と諦《あきら》めたようにつぶやき、首を左右に曲げた。コキコキという音が鳴り、朴舜臣の顔つきが変わった。スイッチが入ったのだろう。

「遠慮するなよ」

うなずいた。

深呼吸をして、左腕に少しだけ力を入れた。朴舜臣は一メートルほどまえにいて、練習の時のようにきちんと踏み込んでパンチを放てば、確実に当たる気がした。でも——。

「どうした？　怖いのか？　一歩を踏み出せ。ボーダーを越えてこい」

もう一度深呼吸をした。

両腕のあいだから朴舜臣を見た。照準は定まった。

左足を踏み出し、動いた――。

朴舜臣の顔に抜群のタイミングとスピードでワンツーを当てた、つもりだった。でも、実際にはわたしのこぶしは朴舜臣の顔にかすりもしなかった。朴舜臣がうしろや横にステップして逃げたわけではなく、パンチを放つまえと同じ位置に立ったまま、顔を少しだけうしろにのけぞらせただけだった。

朴舜臣はわたしの両肩を押してうしろに下がらせたあと、言った。

「悪くないよ。タイミングとスピードもよかった。でも、こっちの世界まではこぶし二つ分ぐらい足りなかったな」

「……どうして？」

「誰でも初めはそうだよ。自分で思ってるより、自分の世界を脱け出るのは大変なんだ」

ちょっとだけがっかりして、ファイティングポーズを解いた。朴舜臣は唇の端っこで軽く微笑んで、言った。

「安心しろよ。俺じゃなかったら当たってたよ」

「ほんと？」

「嘘はつかねぇよ」

わたしが喜ぶと、朴舜臣はまたおかしなお辞儀をした。わたしが釣られて真似をすると、朴舜臣は嬉《うれ》しそうに顔を崩した。

「また空気を相手にしろよ。ただし、これまでよりこぶし二つ分ぐらい腕を遠くに伸ばすつもりでパンチを打つんだ」

朴舜臣の言うとおりに、またワンツーの練習を始めた。

朴舜臣たちのいる世界まで、あとこぶし二つ分。

わたしは必死に腕をまえへと伸ばし続けた。

木曜日は普段どおりに学校へ行って、相変わらずシカトの中で過ごし、放課後はひたすらワンツーの練習をして過ごした。

おかしなお辞儀をして練習が終わり、わたしが芝生の上でストレッチをしてると、朴舜臣が不思議そうにわたしのスニーカーを見ていた。

「なによ。セクハラ?」

わたしが冗談を言うと、朴舜臣は顔を赤くして、アホかおまえ、とつぶやいた。案外カワイイとこがあんのね、とわたしが思ってると、朴舜臣は気を取り直して、言った。

「おまえのスニーカー、左だけ先が変なふうに減ってるぞ」

近くに座ってペットボトルの緑茶を飲んでいたアギーもわたしのスニーカーを見て、ほんとだ、と言った。

「ワンツーを出す時、変なふうに踏み込んでねぇよな?」

朴舜臣が心配そうに言ったので、わたしは朝のジョギングの時にピルエットの練習をしてることを打ち明けた。二人の目が急に輝き始めた。

「やって見せろよ」と朴舜臣は言った。

「まわって見せろって」とアギーも言った。

「やだ」とわたしは言った。「まだうまくまわれてないから」

二人は、なんだよーつまんねーなー、と子供みたいに文句を言った。

「もうちょっとうまくなったらね」とわたしは駄々っ子を諭す先生みたいな口調で、言った。

二人がようやく諦めかけた時、遠くからジェットの音が聞こえてきた。たぶん、いつもの便だ。音がするほうへ目を向けると、飛行機はいつものように機体を傾けながら、空を横切っていた。

「そういえば」とアギーが飛行機からわたしに視線を戻しながら、思い出したように言った。「おまえ、『リトル・ダンサー』って映画、観たことある？」

首を横に振った。

「おまえ、もっと映画とか観たほうがいいぞ」と朴舜臣は不機嫌そうに言った。

『燃えよドラゴン』のことを根に持ってるんだ。きっと。

アギーは先を続けた。

「その映画はさ、簡単に言えば、イギリスの貧しい労働者階級の男の子がバレエダンサーを目指す話なんだけど、その主人公の男の子が初めから終わりまでやたらとぴょんぴょん飛び跳ねるんだよ。どうしてだか、分かるか？」

首を横に振った。

「跳躍は、自分がいる場所から出ていきたいって象徴なんだよ。バレエの跳躍も――、確かジュテって言うんだっけ？」

うなずいた。

「バレエのジュテもおんなじだよ。むかしのヨーロッパはしゃれになんないぐらいの階級社会だったからな。伝統とか因習とか慣習とか、そんな自分たちを縛りつけてるもんを重力に見立てて、バレエダンサーがそれに逆らってどれだけ高く飛べるかを観て観客は感動してたんだ――」アギーはそこまで言うと、おどけたように肩をすくめ、言葉を継いだ。

「って、俺が読んだ本には書いてあったよ」

「知らなかった」とわたしは言った。

アギーは微笑んで、言った。

「いつかおまえのジュテを見せてくれよ」


家に帰って部屋にいる時も、せっせとこぶしをまえに繰り出した。体を動かしてないと、高まる緊張に押し潰《つぶ》されてしまいそうな気がしたのだ。

夜遅くなって、南方から電話が掛かってきた。作戦の最後の詰めで忙しい南方たちの班とは、火曜日から顔を合わせてなかった。電話に出てすぐに、南方は言った。

「中川がアガリを選挙の票まとめに使うのは間違いないよ。続々と裏が取れてる」

「たとえば？」

「体育会の主将連中が後輩たちに、笹山に投票しろ、ってあからさまな号令を掛けてるんだ。サッカー部なんてすごいよ。部員が友人知人から一票集めてくるごとに二千円の賞金を出してる。井上もサッカー部の奴に声を掛けられたってさ。笹山は部の大先輩だから、サッカー部は特別気合い入ってるよ。その点、ラグビー部の主将は全額自分のために使うことに決めて、早くも新車の予約を入れたみたいだね。黙ってりゃいいのに、よっぽど嬉しいらしくてあちこちで言い触らしてるよ」

「悪いことをしてるって自覚はゼロね」

「逆にいいことをしてるぐらいに思ってるんじゃないのかな。偉い政治家の先生の手助けをしてるつもりでさ。あ、あとアメフト部がなんで票まとめに動いてるか当てたら、俺から二千円の賞金を出すよ」

「お金のためじゃないの？」

「残念。それもあるけど、もっと大事な理由があるんだよ」

「なに？」

「永正祭最終日のメインイベント、ミス永正コンテストの優勝は、もうすでにアメフト部の主将の彼女に決まってるんだ」

「……ずるい」

「アギーが主将の彼女から直接聞いたらしいよ。どんな方法を使ったかはさておき」

「なんか大学が最低の場所に思えてきた」

「なんで？」南方は不思議そうな声を出した。「俺たちのまわりでいつでも起こってるようなことが、大学っていう狭い場所でも起こってるだけのことだろ。人が集まるところで起こることなんて、そんなにヴァリエーションがあるわけないよ」

「これから岡本さんが広い場所に出ていけばいくほど、最低な場所がどんどんと更新されていくよ、きっと」

「でも……」

「落ち込むようなこと、言わないでよ」

「なんで落ち込むの？」南方はまた不思議そうな声を出した。「最低な場所に出くわしても、岡本さんがそこに馴染《なじ》まなきゃいいだけの話だろ。それに、その場所を変えちまってもいいし、それか――」

「それか？」

「そこから逃げてもいいし」南方は楽しそうに言った。「逃げるのも楽しいよー。とにかく、俺たちは自分で思ってるよりかなり自由なんだぜ」

「……要は、赤信号では停まるなって話でしょ？」

「なにそれ？　赤信号は危ないから停まったほうがいいよ」

思わず笑ってしまった。

「うん、気をつける」

「さてと」と南方は言った。「裏も取れたし、あとは作戦を実行するだけだね」

「うん」

「最後に訊《き》くけど」南方はためらいがちな声で、言った。「作戦に参加してることに後悔はない？」

少しの沈黙のあと、わたしは逆に訊いた。

「みんなはどうなの？　みんなはわたしに関わってわけの分かんない事件に巻き込まれたことに後悔してないの？」

「ぜんぜん」と南方はすぐに応えた。

「どうしてそんなふうに言い切れるの？　もしかしたらひどい目に遭うかもしれないんだよ」

五秒ぐらいの間を置いて、南方は強い声で言った。

「少しまえにあることがあって、俺たちの世界はあっけなく壊れちゃったんだ。これまで俺たちは俺たちなりに世界をまともに機能させようと思って、がんばってたんだぜ。でも、わけの分かんない力が俺たちの大切なものを奪っていっちゃって、俺たちがそれまでいた世界はもう元には戻らなくなっちゃったんだ。でもって俺たちがどうやって世界を作り直そうか途方に暮れてる時に岡本さんが現れて、きっかけをくれたってわけさ」

「わたしはみんなをやっかいなことに巻き込んだだけだよ」

「岡本さんは正しいことをしようとしてるだろ？　俺たちはいまだにどうやって世界を作

り直せばいいのかなんて分かってないけど、とりあえず正しいと思えることをしながら、ほんの少しずつでもまえに進んでいきたいんだ。わけの分かんない力に対抗するためには、そうするしかないんだよ、きっと。そのためなら、ひどい目に遭ったってかまわないよ。壊れた世界の中でなんにもしないでぼんやりしてるぐらいならね」

わたしの耳には南方の言葉が、ひどく切なく響いた。南方たちはこの世界にどうしようもなく満ち溢《あふ》れている不条理と不公平に、せいいっぱいの力できちんと闘いを挑もうとしているのだ。それがたとえ勝ち目の薄い闘いであったとしても、みんなは立ち向かって、傷ついて、それでも負けずに不敵な笑みを浮かべるんだろう。その笑顔を想像したら、なんだか泣きたいような気持になった。

「どうかした?」

わたしの沈黙を心配して、南方が訊いた。

「ううん。なんでもない」わたしは明るい声で応えたあと、話題を変えた。「それより、なんでわたしに車の運転を習わせたの? なんとなく理由を訊きそびれてたんだけど」

「それは当日のお楽しみ」南方の声は弾んでいるようだった。「計画が全部うまくいけば、岡本さんにトリを任せる予定だから」

「トリってなによ?」

「だから、秘密だって」

「教えなさいよ」

「やだって」

「なんでよ」

「なんでも」

それから五分ぐらい、教える教えない、の押し問答を続け、いい気分転換になったので、そろそろ電話を切ることにした。

「それじゃ、土曜日に」と南方は言った。

「うん、またね」

金曜日は、買い物のために放課後のワンツーの練習を休ませてもらうことにした。

ボディガードでついてきたがる朴舜臣を、どうにか説得して断った。学校の人間に見つかってまた揉《も》めるのはイヤだったし、それに、結果的にではあっても男の子と二人で買い物をするなんて恥ずかしかったのだ。なにかあった時のために、とアギーに携帯電話の番号を渡され、二人と別れた。

久し振りに渋谷《しぶや》に出て、ファッションビルや適当な洋服屋さんをまわり、作戦の時に動きやすい洋服を探した。色々と悩んだあげく、ショート丈のミリタリーコートと、コーデュロイのワークパンツを買った。お金は自分のお小遣いと、痴漢のおじさんからもらった五万円の残りを使った。ようやく全部使い切ることができた。

夜、テレビのニュースをぼんやり見ていたら、永正祭のことが短く取り上げられていた。例年以上の人出らしい。中川の高笑いが聞こえてきそうだったのでテレビを消し、部屋に戻ってワンツーの練習をした。気づくと、床に寝転がって腹筋運動をやっていた。部屋でのドタバタした音がずっと気になってたらしく、ママが部屋にやって来て、思い切ったように言った。

「カナちゃんがどうしてもって言うなら、話は聞くからね。勝手に入門届けとかは出さないでね」

どうやら、まだ女子プロレス疑惑が拭《ぬぐ》えてないみたいだ。

土曜日。

すべての授業が終わり、最後のホームルームが始まるまえ、わたしは席を立ち、教壇に立った。帰り支度を始めていたクラスのみんなは、黙って教壇に立っているわたしの姿に徐々に気づき始めた。教室がだんだんと静かになっていくにつれて、自分の心臓の音が大きく聞こえるようになった。教室が静まり返った。わたしは深呼吸をしたあと、みんなに向かって、言った。

「わたしは誰ともつきあってないし、恥ずかしいようなことだってしてないよ。ほんとに好きな人ができたら、みんなに堂々と紹介するよ――」

本当は続きがあったのだけれど、そこまでがわたしのせいいっぱいだった。わたしは教壇から降りて、席に戻った。入れ替わるように教室のドアが開き、南田が入ってきた。南田はいつものように教壇に立ってクラスを見まわし、いつもとは明らかに違う雰囲気に気づいたのか、不思議そうに眉《まゆ》をひそめた。

もしかしたら、明日わたしたちは作戦に失敗して、ひどい目に遭うかもしれない。警察に捕まってしまうかもしれない。その結果、学校を辞めることになるかもしれない。だから、みんなにわたしの気持をきちんと伝えておきたかったのだ。みんなはこんな窮屈な場所で一緒に闘ってきたわたしの戦友なのだ。二度と、こんなもんか、なんて思わない。

「それでは、ホームルームを始めます」

南田がいつもどおりの艶《つや》のない声で、言った。今日はうんざりするぐらい見飽きた南田の紺のスーツでさえ、愛《いと》しく思えた。

わたしは目を閉じて、さっき言えなかった続きの言葉を、胸の中でつぶやいた。

——みんなのこと、愛してるよ。


ホームルームが終わってすぐに教室を出た。

校庭を歩いて正門のそばまで来た。通り抜けてしまうまえに、校舎のほうを振り返った。わたしの教室の窓に視線を向けると、みんなが教室の中からわたしを見ているのが分かった。わたしはみんなに向かって手を振ったあと、正門を通り抜けた。

約束の午後一時半に学校の最寄り駅から三つ離れた駅の改札を出ると、アギーと朴舜臣だけじゃなくて南方と萱野と山下の姿もあった。みんな学生服姿だった。よく考えたら、みんなの学生服姿を見るのは初めてだった。

「今日は学校からそのまま来たんだ」南方が代表して言った。「天敵の体育教師に捕まっちゃって、なかなか逃げられなくてさ」

「そうなんだ……」

みんなの初めての学生服姿に戸惑ってるわたしを見て、勘違いした朴舜臣が訊いた。

「なんかあったのか?」

慌てて首を横に振った。

「なんでもないわよ」

わたしの様子を見て、アギーが意味ありげに微笑んだ。むかついたので、ファイティングポーズを取ると、アギーはおどけるように両手を挙げて降参のポーズを取った。

「なにやってんだよ、おまえら」南方が不思議そうに言った。「ところで、岡本さん、どっか遊びに行きたいとこある？」

ファイティングポーズを解いて、訊《き》いた。

「どういうこと？」

「作戦の準備も済んでもうやることもないし、せっかくだからさ。お抱えの運転手もいることだし」

南方がそう言ってアギーを見ると、アギーは、遊びの場合は別料金がかかるぞ、と宣言した。南方はアギーの言葉を無視して、返事を促すようにわたしを見た。本当は答えはすぐに決まってたのだけれど、口に出すのが恥ずかしい場所だった。いつものように朴舜臣がわたしの心を読んで、言った。

「いまさら恥ずかしがってどうすんだよ」

その言葉に背中を押されて、わたしは答えを口にした。

アギーの車で品川に移動し、有名なホテルの敷地の中にあるボウリング場に入った。みんなで靴を履き替えている時、山下がわたしに向かって言った。

「ボウリングをやったことがないなんて、ありえないよね」

わたしは手を止めて、言った。

「うるさいわね。わたしの人生にはこれまで必要のないものだったのよ！」

山下は鼻で笑った。

「俺がさ、岡本さんにボウリングがどんなものか教えてあげるからさ」

その言葉に、南方たちは忍び笑いを漏らした。

ボールを選んだり、スコアを記録する機械に名前を入力したりするだけでも楽しかったのに、ゲームが始まったらもっと楽しかった。生まれて初めてだったから、なかなかうまく投げられなかったけれど、とにかくボールがまえに転がっていくだけで嬉《うれ》しかった。ちなみに、わたしの人生最初の一投目はガターだった。

南方と萱野とアギーは普通にうまくて、異常なのは朴舜臣と山下だった。朴舜臣は興味がなさそうに投げながらも、八回も連続でストライクを出した。九フレーム目で九本しか倒せなかった時、朴舜臣は眉尻《まゆじり》の傷を掻《か》きながら、大きく舌打ちした。どうやら見た目とは違って、かなり真剣にやってたみたいだ。

山下は、投げるたびに必ずピンが左右に割れて残ってしまうスプリットになった。そのたびに南方たちはおなかを抱えて笑った。そして、山下が、おかしいなぁ、と言いながら二投目を投げると、ボールは見えない力に導かれるようにピンとピンのあいだをすーっと通っていった。必ず。そのたびに南方たちは肩を叩《たた》き合って笑っていた。

一ゲーム目が終わってみると、朴舜臣がダントツの一位で、わたしと山下が同点の最下位だった。わたしが山下を見て鼻で笑うと、山下は、久し振りだから調子が出なかっただけだよ、と言って、みんなの意見も聞かずに再スタートのボタンを押した。

二ゲーム目はわたしが三ピン差で、三ゲーム目は六ピン差で山下に勝った。もう充分だろ、というみんなの意見を無視して勝手に再スタートボタンを押し、真っ先にボールを持ってレーンに立とうとした山下の側頭部を、隣のレーンの女の子の指から抜けて飛んできた九ポンドのボールが直撃して山下が失神したのをきっかけに、ボウリングはお開きになった。

山下が意識を取り戻してボウリング場を出る時、南方がスコア表をわたしにくれた。

「記念に取っとけよ」

わたしは、ありがとう、と言って、素直に受け取った。

みんなで品川駅の近くにあるファストフードのお店に入った。みんなはものすごい勢いでハンバーガーやフレンチフライポテトを平らげていった。わたしがゆっくり、一口ずつ小さく食べていると、南方は訊いた。

「あんまおなか減ってなかった?」

わたしは首を横に振った。おなかは減っていた。でも、男の子の目のまえでハンバーガーを食べるのは初めてだったから、大きな口を開けて食べるのが恥ずかしかったのだ。アギーがわたしを見て、また意味ありげに微笑んだ。むかついたから、ポテトを一本つまんで、アギーに投げた。アギーの手の甲に当たったポテトは、山下のコーラの紙コップの中にぽちゃりと落ちた。山下は雨に打たれている小犬のような目で、わたしを見つめた。

「次はどうする?」

ファストフードのお店を出たあと、南方はわたしに訊いた。ビリヤードもやってみたかったし、バッティングセンターで球を打ってみたかったし、釣り堀で釣りをしてみたかったし、動物園や水族館にも行きたかったけれど、あまり我が強いと嫌われてしまう気がしたので、わたしは言った。

「次はみんなが行きたいところでいいよ」

アギーは堪え切れないように、ケラケラと笑い出した。

「おまえも案外普通の女の子だなぁ」

――いつか絶対に車で轢《ひ》いてやる。それもうしろから、いきなり。

南方はみんなと顔を見合わせ、じゃあ場所も近いし、あそこにすっか、と言った。みんなはその言葉だけで理解し、それぞれに黙ってうなずいた。

車で羽田《はねだ》空港に移動し、展望デッキに上がった。わたしたちがベンチに座った時には空は深く暮れかかっていて、遠くに浮かんでいる雲は濃い赤紫色に染まっていた。その雲のまえを、飛行機が斜めに横切り、さらに高くへと舞い上がっていった。

「ここには、みんなでたまに来てたんだよ」

わたしの右隣に座った南方が、ぽつりとつぶやくように言った。みんなの顔を見た。みんなの視線はさっき舞い上がっていった飛行機のあとを追うように、遥《はる》か遠くへと向けられていた。南方の、来てた、っていう過去形と、みんなの遠い眼差《まなざ》しから、みんなが誰を思っているのか分かった。こんな時、みんなを笑わせてこっちの世界に連れ戻すデタラメな歌詞の歌をわたしは持っていない。だから、わたしは普通の言葉で、言った。

「ヒロシっていう人のこと、教えてよ」

南方はわたしのことを見て、言った。

「別に普通の奴だよ。たまにおかしなことも言うけどね」

「おかしなことって？」

「シュショーになって俺たちのために世の中を良くする、とかね」

萱野が言うと、みんなはへらへらと笑った。

「あと、核戦争がどーだとかさぁ」と南方は楽しげに言った。

「なにそれ?」とわたしは訊いた。

「もし山下がこの世界に存在してなかったら、たぶん核戦争みたいなひどいことが起きてるんだってよ」と朴舜臣も楽しそうに言った。「山下が悪いものを引きつけてくれてるから、この世界はどうにかバランスを保ってられるんだって。だから、山下みたいな奴がいたら大切にしろってさ」

山下が誇らしげな顔で、わたしを見た。わたしも楽しくなって、笑った。飛行機がまた一機、空高くへと上昇していき、しばらくすると遠くに広がっている闇の中に姿を消した。

「いまの飛行機、どこに飛んでったのかなぁ」

わたしは誰にともなく、訊いた。

「あっちは南のほうでしょ」と山下は言った。「だから、沖縄とかじゃないかなぁ」

「沖縄はまだあったかいのかなぁ」と萱野は言った。

それからしばらくのあいだ、わたしたちはなにを話すでもなく、ぼんやりとまわりの風景を見ていた。さっきまで遠くにあった闇は、いつの間にかわたしたちのまわりを取り囲んでいた。

「寒くないか？」

わたしの左隣にいるアギーが訊《き》いた。わたしは首を横に振って、言った。

「だいじょうぶ。ありがとう」

デッキの照明がいっせいに点《つ》いた。

「そろそろ行くか」と南方は言った。

「待って」とわたしは言った。「もう一機だけ飛んでくのを見たいの」

南方は微笑んで、言った。

「お姫様の仰せのとおりに」

飛行機を誘導するために滑走路に点《とも》っているランプの光を辿《たど》り、視線を左のほうへとずっと伸ばしていくと、離陸のための助走を始めた飛行機を見つけた。徐々に走る速さを増していく飛行機を決して見逃さないように、しっかりと見つめた。

みんなにとって――。

わたしは思った。

みんなにとって、ヒロシという人けきっと風のような存在だったんだろう。みんなが羽を広げた時、より高く飛ばせてあげようと吹く上昇気流だ。その風を失って、みんなは羽を開くのを少し怖がっているように見える。

飛行機がわたしたちの目のまえをすごいスピードで通り過ぎていった。

――わたしがみんなの風になれたらいいのに。

わたしがそう思った時、飛行機は機首を上に傾けたあと、一気に滑走路を離れ、ぐんぐん高く舞い上がっていった。飛行機の羽についている赤いランプは、まるで夜空に浮かぶルビーみたいに見えた。飛行機がどんどん遠ざかっていくのを見ていると、どういうわけか涙が出そうになった。涙を紛らわせるために、やったぁ、と言って拍手をすると、みんなも恥ずかしそうにしながらも一緒に手を叩いてくれた。どうにか涙が引いた。

「行くわよ」

わたしはベンチを立って、先に歩き出した。でも、みんなはベンチに座ったままだった。

朴舜臣とアギーがみんなに目配せしている。

「どうしたの？」

朴舜臣が口を開いた。

「俺たちのリクエストを聞いてくれよ」

「なに？　なんなのよ？」とわたしはちょっとだけ警戒して訊いた。

「ピルエット」とアギーは微笑みながら、言った。「まわって見せてくれよ」

薄い闇の中で、みんなの瞳《ひとみ》がキラキラと光っている。

わたしは諦《あきら》めて息をついたあと、アキレス腱《けん》を伸ばすためのストレッチを始めた。革靴でうまくまわれるか不安だったけれど、いまだけはみんなに失敗を怖がってる姿を見せたくなかった。

ストレッチを終えて、滑走路を背後にしてみんなのまえに立った。みんなは真剣な眼差しで、わたしを見つめている。

目を閉じて、深呼吸をした。うしろからジェット音が近づいてきていた。

目を開け、姿勢を正し、足を交差させ、体のまえに下げていた両腕を羽ばたくみたいに水平に広げた。

そして、右足を伸ばしてうしろに持っていき、両足の膝《ひざ》を少しだけ曲げたあと、右手を滑走路のほうに向かって流しながら、曲げた膝を伸ばすようにして右足で地面を軽く蹴《け》った――。

滑走路を離れつつある飛行機の姿が一瞬だけ視界に入り、次の瞬間にはわたしのまえにみんなの姿が現れた。わたしの体はバランスを崩すことなく、きちんと一回転し、着地していた。

みんながいっせいに拍手を始めた。南方が口の中に指を入れ、賞賛の指笛を吹いてくれた。みんなの顔が楽しそうに輝いている。

をしていた。

わたしは照れ臭い気持を抑えながら、きちんと足を揃え、お辞儀をした。気がつくと、顔を上げたままのおかしなお辞儀をしていた。朴舜臣は満足そうにうなずきながら、拍手をしていた。

帰りの車の中で、明日の打ち合わせをした。

午後五時に、大学の斜め向かいのテナントビルの屋上に集合ということになった。作戦決行はその三十分後の午後五時半。

アギーと朴舜臣のお迎えは断った。

「最後ぐらい自分の足で行きたいのよ」

わたしがそう言うと、南方は渋々といった感じでオーケーを出した。

「でも、くれぐれも気をつけてくれよ」

わたしはうなずいて、言った。

「念のために大学の最寄り駅じゃなくて、違う駅から遠まわりして向かうからだいじょうぶ」

車が家に着いた。わたしが今日のお礼を言って車を降り、ドアを閉めようとした時、朴舜臣が言った。

「安心しろよ。おまえのことは、俺たちが命を懸けて守るから」

みんなの顔を見まわした。みんなの目には強い意志が宿っていて、薄暗い車内でピカピカと光って見えた。どうやら冗談じゃないみたいだ。

わたしは笑って、言った。

「バカみたい」

わたしの言葉にちょっと機嫌を損ねたような顔をしている南方たちを見て、アギーが楽しそうに言った。

「そうだよ。こいつらバカなんだよ」

南方が、おまえなに裏切ってんだよ、とアギーに文句を言った時、わたしは笑いながらドアを閉めた。そして、そのまま振り返らないで家に入っていった。家のドアの鍵《かぎ》を開けていると、背後で車が去っていく音がした。

家の中に入るまえに、にやけ顔をどうにかしないと……。ママがまたおかしく思って、余計な心配をするはずだから。

その夜はなかなか寝つけなかった。

作戦のことを思って緊張していたのもあるけれど、それよりも南方たちの世界へ本格的に足を踏み入れる期待で胸が躍ったからだ。もしかしたら支払うことになるかもしれない代償については、考えないようにした。学校を退学になろうと、警察に捕まろうと、自分が始めたことをきちんと終わらせるのだ。明日から先のことは、明日の夜の眠るまえに考えればいい。とにかく、わたしは生まれて初めて赤信号を渡るのだ。

ベッドから抜け出て、机に向かった。机のライトを点けたあと、引き出しの中から彩子さんの絵葉書を取り出して、胸に強く押しつけた。

――うまくいくように祈っててね、彩子さん。

絵葉書を引き出しの中に戻し、ライトを消して、ベッドに戻った。

まだ眠れそうになかったので、羊を数える代わりに、明日の作戦のシミュレーションをすることにした。

まず、南方たちとテナントビルの屋上で合流する。

次に、テナントビルを出て、大学の裏手に向かう。

そして、大学の敷地を取り囲んでいる塀を乗り越え、構内に侵入し――。

山下が塀を乗り越えられず、縁に乗っかったまま涙目でわたしを見つめている姿を想像してしまい、笑ってしまった。笑い声を抑えるために寝返りを打ち、枕を顔にあてた。

そして、わたしは枕の柔らかい感触に心地よさを感じながら、眠りの世界へと徐々に移動していった。
もちろん、シミュレーションしたことがなにひとつ実現しないとは知らずに。

12

十一月最後の日曜日。

いつものように午前七時に起きて、すぐにジョギングに出掛けた。

公園まで行ってピルエットの練習もした。帰りの途中にいつもは素通りしていた神社に入って手を合わせた。お金は持ってきてなかったので、お賽銭《さいせん》はなし。

家に戻ってシャワーを浴び、ママと二人で朝ごはんを食べていると、パパが珍しくパジャマ姿でテーブルに座って、わざとらしい微笑みを浮かべながら言った。

「今夜は久し振りに三人でご飯でも食べに行かないか？」

取ってつけたようなシチュエーションだったので、なんだか気まずい雰囲気になってしまった。それに、どうして今日に限ってそんなことを言い出すんだろう？

「ごめんね」とわたしは言った。「今夜は友だちと約束があるから」

「わたしもカルチャースクールで知り合ったお友だちと、ご飯を食べに行くから」とママも言った。

パパは、そうか、残念だな、とつぶやき、新聞を持ってトイレに向かった。ちょっと可哀想な気もしたけれど、すべてがパパの都合よくいくわけがないのだ。徐々にそのことを分かっていってもらわないと。

部屋で軽くワンツーの練習をし、体力温存のために昼寝をしようとしたけれど緊張で眠れず、仕方がないのでお経を書いた。相変わらず心がシンと静まり返っていく感じで、とても役に立った。

午後三時に写経を打ち切り、金曜日に買った服に着替えた。ミリタリーコートのポケットに、アギーからもらったサングラスと、朴舜臣がホテルの部屋でわたしのこぶしに巻いてくれたシャツの切れ端を、お守り代わりに入れた。最後に一度だけワンツーを放ち、部屋を出た。

ママを探すと、ママはリビングにいて、観葉植物にお水をあげていた。リビングに入ってきたわたしに気づき、ママは言った。

「出掛けるの？」

「うん——」

わたしはママの顔をしっかりと見て、続けた。

「行ってきます」

ママはわたしの顔をじっと見返し、一度なにかを言いたげに口を開きかけたけれど、その言葉を諦《あきら》めるように短く息をついた。そして、これまでに見たことのない綺麗《きれい》な微笑みを浮かべて、言った。

「気をつけて行ってくるのよ」

「はい」

リビングを出て、玄関に向かった。

いつものスニーカーを履き、午後三時半過ぎに家を出た。

家のまえの道を駅のほうへと歩いていき、突き当たりを左に曲がった瞬間のことだった。大きな体がわたしのまえに立ちはだかり、ぶつかりそうになった。

「ごめんなさ――」

そこまで言った時、わたしの目が大きな体の持ち主の顔を捉《とら》え、反射的に言葉が止まってしまった。鼻のあたりには大きな絆創膏《ばんそうこう》が貼ってあるけれど、見覚えのある顔だった。部屋の机の引き出しの中には、こいつの写真付きの学生証が入っている。確か、麻生っていう名前だったはずだ――。

悲鳴を上げるために口を開けようとした瞬間、麻生の手があっという間にわたしの首に伸びてきて、喉仏《のどぼとけ》のあたりをものすごい力で摑《つか》まれた。

「首の骨をへし折るぞ。今度はマジだからな」

麻生の声は絆創膏のせいか、少しこもって聞こえた。でも、その音には妙にリアルな質感がともなっていて、抵抗の意欲を一気に削《そ》がれてしまった。

麻生がわたしの肩のうしろのほうを見て、うなずいた。車の走ってくる音が徐々に近づいてくる。わたしのすぐそばで国産のセダンが停まった。そして、後部座席のドアが開き、わたしの脇腹を殴った男が降りてきた。名前は確か、青木。

「乗れ」

麻生は手の力をさらに強めて、わたしに命令した。青木はいまにも殴り掛かってきそうな顔で、わたしを睨《にら》んでいる。わたしは麻生の手に邪魔をされながらも、どうにかうなずいた。麻生の手が離れた。わたしはゆっくりと車の後部座席に乗り込んだ。運転席には、わたしのカバンを抱えたまま失神した男が座っていた。この男の名前は忘れてしまった。失神した男は、にやけた笑いを浮かべながら、わたしを見ていた。

わたしの隣に麻生が乗り込み、青木は助手席に乗り、車がスタートした。

「どうするつもり？」

声を出すのは怖かったけれど、どうにか声を振り絞って、訊《き》いた。麻生からすぐに答えが返ってきた。

「うるせぇ。黙ってろ」

車がわたしの知らない目的地へと進んでいくあいだ、わたしはふとこんなことを思った。

やっぱりお賽銭をあげなかったのがいけなかったのかな――。


一時間ほど走ると、車はわたしがよく知っているエリアに入っていった。麻生は携帯電話を取り出して誰かに電話を掛け、もうすぐ着きます、と報告して電話を切った。

車が来場客でごった返している永正大学の正門まえを通り過ぎ、校舎の壁沿いの脇道に右折した。車は一方通行の道をどんどんとまっすぐ進み、わたしたちが乗り越えるはずだった塀を通り過ぎ、また右折して裏門のまえに着き、停まった。

「騒いだって無駄だからな。余計な怪我をしたくなかったら、おとなしくしてろよ」

麻生がそう言ってドアを開け、まず車を降りた。わたしが動かないでいると、助手席の青木が、さっさと降りろよ、と冷たい声で命令した。わたしは覚悟を決めて、車から降りた。

学園祭の期間中は閉鎖される裏門のまわりは、人気がなくひっそりとしていた。正門のにぎやかさが信じられないほどだった。わたしの背より三倍は高そうな裏門の左右の鉄の扉は、内側からしっかりと閉じられていた。

なんとなく人の視線を感じたので、裏門の横の小さな通用口のあたりに目を向けた。鉄の扉の向こうに赤いものが見えた。スタッフジャンパーを着た中川が立っていた。扉の柵《さく》の隙間から、親しげな笑みが浮かんでいる。麻生に背中を押されながら、通用口に歩いていった。

中川が鍵《かぎ》を開け、門を内側に引いた。また麻生に背中を押されて、門を潜った。

「ようこそ永正祭へ」中川が満面に笑みを広げて言った。「ほんとは正門からＶＩＰ待遇で案内してあげたかったんだけどね。残念だよ」

麻生と青木が門を潜り終えると、中川はまた門に鍵を掛けた。

「行くぞ」

中川はわたしが初めて聞く厳しい声で、麻生と青木に言った。二人がわたしの背後にぴったりと寄り添った。中川が校舎に向かって歩き出した。背中を小突かれたので、わたしは仕方なく中川のあとを追った。

裏門から続く勾配《こうばい》のゆるい長い坂をのぼり切り、幅の広い道に乗った。道の両側にある、いくつかの小さな校舎のまえを通り過ぎたけれど、人影はぜんぜん見当たらなかった。

「中庭でミス永正のコンテストが始まってるから、客はほとんどそっちに行っちゃってるんだ」

わたしの視線が人影を求めてせわしなく動いているのにどうやって気づいたのか、中川は言った。

遠くからマイクの音声が聞こえてきた。中川は大きな校舎の角を左に曲がり、少し行った場所で立ち止まって、わたしのほうを振り返った。

「彩子ちゃんが倒れてたのは、ここだよ」

中川は感情のこもってない目で地面を見つめた。

「バカだよね。死ぬことはなかったのにね」

わたしがとっさに中川に向かっていこうとすると、うしろから両腕が伸びてきて体に巻きつき、強い力で動きを止められた。

「お嬢様女子高に通ってる割りには、暴力的なんだな」中川は楽しそうに言った。「それとも、つきあってる男に感化されちゃったのかな」

中川はまえに向き直り、また歩き出した。わたしの体に巻きついていた腕が離れ、乱暴に背中を押された。

中川が裏側の出入口から校舎の中に入っていき、わたしもそれに従った。廊下を二十メートルほど歩くと、一階のホールに出た。中川が広いホールの真ん中あたりで足を止めたので、わたしも歩くのをやめた。ようやく目のまえに多くの来場客の姿を見ることができたけれど、客たちはスタッフジャンパーの連中に校舎の中から追い立てられていた。

「第二校舎の催しものはすべて終了しました！　来場客の皆様、ご退場お願いします！」

実行委員の一人が大きな声でそう叫んでいる。校舎を出ていっている客たちは、わたしのことをちらりとも見てくれない。勇気を出して大きな声を上げ、助けを求めようかと思った時、ふと誰かの視線を感じた。慌てて出入口のあたりに視線を向けると、見たことのあるような横顔が校舎から出ていっているのを見つけた。勘違いでなければ、井上のはずだった。とっさに手を上げて存在をアピールしようとした時、中川が先に大きな声を上げ、わたしの意図を挫《くじ》いてしまった。

「河野《こうの》！」

校舎の出入口の近くに立って客を誘導していた実行委員の男が中川の声に反応し、小走りで駆け寄ってきた。

「なんですか？」河野が中川に訊いた。

「マスコミは全部入ったろ？」

「はい」

「入場規制を始めろ」中川は腕時計を見た。「あと五分したら正門を閉めて、もう客を入れるな」

「分かりました」

河野はスタッフジャンパーの中からトランシーバーを取り出しながら、出入口に向かって駆けていった。出入口のあたりにはもう井上らしき姿は見当たらなかった。

中川は振り向いて、言った。

「本部まで上がってもらうよ。学園祭期間中はエレベーターが使えないんだ。きついと思うけど、我慢してくれ」

ホールの脇にある階段をのぼった。途中で何人かの客と擦れ違ったけれど、助けを求めるタイミングが摑めなかった。そもそも、客の姿が見えると麻生がうしろから脅すように背中をこぶしで叩《たた》いて押したので、階段から足を踏み外さないよう注意するのでせいいっぱいだったのだ。

階段を一階分上がると、踊り場には必ず学生服姿の大きな体の男たちが三人ずついて、そいつらは中川の顔を見ると小さく頭を下げた。たぶん、本部を守るための《警備兵》だろう。やることが本当に徹底している。

六階までのぼり切り、左へ曲がった。廊下を突き当たりに向かって歩いていくと、左側の中庭に面している窓から、下で行われていることがよく見えた。校舎のまえに設けられた大きなステージでは、ミス永正のコンテストをやっていて、大勢の観客を集めていた。ステージ上ではドレス姿のミス永正の候補者たちが、司会者にマイクを向けられて、インタヴューを受けていた。大きなステージの左脇にはステージよりも低い台が置かれていて、その上には赤い色のセダンが載っていた。クジの景品で当たるはずの車だろう。

廊下の一番奥の教室のドアのまえで中川が止まり、スタッフジャンパーのポケットの中から鍵束を取り出して、ドアの鍵を開けた。

「どうぞ」

ドアを手前に引き、中川がおどけた感じでわたしに言った。わたしがためらっていると、麻生がうしろからわたしの両腕を摑《つか》んで、教室の中に押し込んだ。

「見張ってろ」

中川は麻生と青木にそう言って一人で教室に入ってくると、机と椅子が全部どこかへ運び去られてガランとした教室の真ん中にポツンとひとつだけ置いてあるスチール製のデスクに向かい、持っていた鍵束をデスクの上に放ったあと、椅子に腰を下ろした。デスクのそばには、大学名のロゴの入った大きな紙袋が三つ並んで置いてあった。

「適当に座ってよ」と中川は言った。

教室の中を見まわすと、左隅にスチールパイプ製の椅子が折り畳んで立て掛けてあった。

「座らないの？」

中川の馬鹿にしたような口調が頭に来たので、椅子を取りに行き、中川のデスクのまえに持ってきて、座った。中川はいつも浮かべているような親しげな笑みを見せて、言った。

「ここに来る途中、乱暴な目に遭わなかった？」

黙って首を横に振った。中川は続けた。

「あいつら、このまえも佳奈子ちゃんのカバンを引ったくってこいって命令しただけなのに、余計なことをしようとしてさ。本当に悪かったね。謎の救世主たちが現れて、事なきを得たみたいだけど」

「お金をけちったから、言うことを聞かなかったんじゃないの」

わたしがせいいっぱいの嫌味を言うと、中川はおかしそうに笑った。

「なにがおかしいのよ？」

「あんな動物みたいな連中に、金なんて払うもんかよ。ところで、佳奈子ちゃんはどこまで知ってるの？　いまもお金のことを言ったし」

「…………」

「もしかして、谷村の奴からなんか聞いた？　あいつ、ここのところ様子がおかしいんだよね」

中川の顔には優越感たっぷりの笑みが浮かんでいた。わたしは中川の問い掛けを無視した。

「谷村を知らないって否定しないんだね。まあいいや。ドアの外にいる連中がなんで僕のために働いてるか、教えてあげるよ。あいつら全員アメフト部なんだけど、半年まえにアメフト部の連中が高校生の女の子を集団でレイプしたんだ。酒に酔わせたあと、部員のマンションに連れ込んでね。ひどい話だろ？」

「…………」

「その集団の中に先輩に命令されてレイプに加わった二年坊主がいて、そいつは僕の高校の後輩なんだけど、罪の意識に耐えかねて僕に相談したんだ。で、僕がその二年坊主をなだめて、事態を収めたってわけ」

「事態を収めたって……。警察には通報したの？」

中川は残念そうに首を横に振った。

「高校生の女の子とアメフト部の将来のことを考えて、事件は外に漏れないようにしたよ。女の子にも会って説得したりしてね。アメフト部の主将がそのことに恩義を感じて、後輩にも号令を掛けたりして今回は色々と手伝ってくれてるわけさ」

「……嘘でしょ？」

「嘘?」

「あんたのことだから、事件の噂を嗅《か》ぎつけて自分からアメフト部に近づいていったんでしょ。それをネタに脅迫して、自分の野望のために連中を利用しようとしてるのよ」

中川は無表情にわたしのことを見つめていた。わたしは続けた。

「レイプだって本当は嘘で、あんたがそう見えるように仕組んだことなんじゃないの。彩子さんが谷村と関係するように仕組んだみたいに」

中川はゆっくり瞬《まばた》きをしたあと、眼鏡を取って机の上に置いた。眼鏡のレンズで遮断されていた本来の目の力が、直接わたしに届いて絡みついてくるような気がした。

「本当はダテ眼鏡なんだよ」と中川は言った。「子供の頃に母親から、おまえは目でものを語り過ぎるから気をつけろ、って言われてね。高校の時、初めてのバイト代で買ったのが眼鏡だったよ……。そんなことはどうでもいいね。佳奈子ちゃんはどこまで知ってるの? 正直に答えて欲しいな」

中川の目の色が急に変わったような気がして怖くなり、思わずうつむいてしまった。その時、背後でノックの音がした。わたしの体は音に敏感に反応し、激しく震えた。中川はわたしの反応を見て満足そうに微笑んだあと、眼鏡を掛けて椅子から立ち上がり、ドアまで歩いていった。ドアを開けた中川は、ドアの外から机のそばにある紙袋と同じ紙袋を受け取ると、これで最後だな、と確認し、ドアを閉めた。机に戻ってきた中川は紙袋を足元に置き、椅子に座った。

「谷村がなにかを話したことは間違いないんだ。あとは、彩子ちゃんの件以外のなにを知ってるかなんだよ――」

中川はそこまで言ってまた眼鏡を外し、机の上に放って、続けた。

「もしかして、ここのところずっと佳奈子ちゃんと一緒に行動してた謎の取り巻き連中がなにかを調べたとか？」

中川に目の奥を覗《のぞ》き込まれているような気がしたので、負けないように中川を睨《にら》み返した。中川は薄い笑みを目のあたりに浮かべ、言った。

「どうやらそうみたいだね。やっぱり早めに佳奈子ちゃんとこうして話しておくべきだったな。ドアの外にいる連中もそうしたがってたし。でも、なんか嫌な予感がしてね、手を出さないで様子を見ろって命令しておいたんだ。久々に勘が外れたかな」

「もしかして、わたしのこと、ずっと見張ってたの？」

中川はうなずいた。

「家の近くだけだけど、念のためにね」

「どうして家を知ってるの？」

「うちの大学に佳奈子ちゃんの高校の先輩が、どれだけ入ってきてると思ってる？　そのツテを辿《たど》れば、生徒名簿なんてすぐに手に入るよ」

「………」

「本当は佳奈子ちゃんに電話をした次の日に、こうして会っておこうと思ったんだ。電話の感じが変だったし、永正祭も近づいてたから不安な要素は早めに摘んでおきたかったからね。でも、急に朝のお迎えがなくなっただろ？　てっきりなんかの罠《わな》だと思って警戒して、今日まで延ばしちゃったんだ」

「おかしいわよ」

「なにが？」

「どうしてそこまでするの？　わたしはただの女子高生よ」

「でも、僕の邪魔をしようとしてるじゃないか」

「たかが大学の選挙のことじゃない！」

中川は眉間《みけん》に皺《しわ》を寄せて、わたしを見た。

「それも知ってるんだ。この短い期間でよく色々と調べられたね。とはいっても、調べたのは佳奈子ちゃんの謎の取り巻き連中だろうけど。それにしても、その連中、ずいぶん優秀なんだな。どこの何者なんだい？　僕のために働いてくれないかな。いくらで雇ってるの？　それとも、体を使ってるの？」

わたしが睨みつけると、中川はつまらなそうに、冗談だよ、と言って、続けた。

「せっかく来てもらったし、僕がなにを狙ってるのか教えてあげるよ。佳奈子ちゃんはさっき、たかが大学の選挙って言ったけど、大学のことを知らな過ぎるよ。大学は社会を動かすあらゆる権力が芽吹く場所なんだ。名を成してる政治家、一流企業の社長、科学者、芸術家の経歴を見たら一目瞭然《りょうぜん》だよ。特に、うちの学校みたいに一流と呼ばれるような大学には、そういった連中が芽を出すまえのタネの状態でたくさん集まってくる。僕はタネがどう育つかひたすら観察して、うまく芽を出せない連中には肥料をやったり、芽の段階で群がってくる害虫を駆除してやったりして、社会の中枢に送り出してやるんだ。もちろん、のちのち大きな木に育って実が生《な》ったら、それを収穫させてもらうつもりだけどね。まぁ、谷村みたいにすでに大きく育ってる木の剪定《せんてい》をしてやって、実をもらう場合もあるけど。そういえば、ドでやってるミス永正の子はまだ二年だけど、すでに民放のアナウンサーに内定してるよ。のちのちは彼女の人脈も色々と使わせてもらうつもりなんだ」

「まだコンテストの最中なんじゃないの？」

わたしが嫌味を言うと、中川は首をすくめた。

「堅苦しいこと言わないでくれよ。出来レースなんて、社会の最低限のお約束事じゃないか。力のある人間が破綻《はたん》なくちゃんとした地位につけるようにサポートすることのどこがいけないんだい？」

「屁理屈《へりくつ》よ」

「正論だよ」中川はきっぱりと言った。「屁理屈は弱い人間の言うことだ」

「結局は――」中川の言葉の勢いに押されながらも、わたしは言った。「あんたがやってることはただの恐喝でしょ」

「そんなふうに言われるのは心外だな。僕のやってることがどれだけ大変か知ったら、充分な対価を得るのも当たり前だって思えるよ、きっと」

「未成年を買春した政治家を選挙に受からせることで得る対価が、当たり前のことなの？」

「ほんとになんでも知ってるんだな。ちょっと知り過ぎな気もするけど」中川は腕時計を見たあと、足元の紙袋を両足のあいだに引き寄せた。「どんな偉い人間だって、一度や二度の間違いは犯すさ。そのたった一度や二度のことで才能を潰《つぶ》してしまうのかい？　だとしたら、社会はすぐに機能を停止しちゃうよ。うちの学校だって、すぐに廃校になるな。うちの学校の教授や学生がどれだけ罪を犯したり社会のルールを破ったりしてると思う？谷村とかアメフト部の件なんて、氷山の一角だよ。一流大学に入れたってだけで自分が選ばれた人間で、多少の罪を犯してもかまわないって思っちゃうんだろうな。特に、才能を持ってる連中は自負心の強さから罪を犯しやすいんだ。簡単に言えば、甘えてるんだけどね。そんな甘えん坊の連中に必要なのは、尻拭《しりぬぐ》いをしてやる人間なんだよ。その役目を僕がやってるだけさ」

中川は紙袋の中に手を入れて札束を掴《つか》み出し、両手を使って一万円札の枚数を数え始めた。わたしはせいいっぱいの勇気を振り絞って、言った。

「あんたが言ってるような社会なら、いますぐにでも機能を停止しちゃえばいいのよ」

中川は手を止めて、嬉《うれ》しそうに笑顔を浮かべた。

「いいことを言うね。実は僕もそう思ってるんだよ。いまあれこれ動いてるのも、将来的に僕が欠陥だらけのこの社会を作り変えてやろうと思ってるからなんだ」

「なにを言ってるの？　みんな、あんたなんかに投票するもんですか。あんたが思ってるほど、みんなは馬鹿じゃないのよ」

中川は不可解な生き物でも見るように、わたしを見た。

「佳奈子ちゃんは、僕が政治家でも目指してると思ってるのかい？」

「……違うの？」

中川は初めて声を上げて笑った。

「僕がドアの外に立ってる連中や、中庭に集まってるような奴らに、頭を下げて票をお願いするっていうのか？　冗談はやめてくれよ」

「それじゃ、なんのために？」

中川はまた腕時計を見て、札束を数え始めた。

「社会を変えたり動かしたりするには、別に政治家にならなくたっていいんだ。政治家を操る側になればいいんだよ。政治家はたいてい声が大きいだけの連中だから、僕のような人間が頭の部分を担当してやればいいんだ」

中川は札束を持った手を頭に持っていき、こめかみのところを、トントン、と叩《たた》いた。

「いったいなにを企んでるの？　なにをしようっていうの？」

中川は数え終わった札束を机の上に置いて、言った。

「僕もまだ決めかねてるんだ。やりたいことはいっぱいあるし、可能性も無限だしね。まぁとりあえず、大学院に上がって文字どおり院政を敷いて後輩たちを指導しながら、しばらくはタネを育てたり人脈を広げたりしていこうって考えてるよ。ついでに活動資金も貯めてね。そのあとのことで百パーセント間違いないのは、僕が谷村の記録を塗り替えて最年少の教授になるってことだね。そのための準備は着々と進めてるよ。そのあとはどうしよう……。その頃までに憲法が改正されてなきゃ、どうにか改正憲法の草案づくりの作業に参加して歴史的な役割を果たすってのはどうだい？　僕が書くかもしれない条文のおかげで、軍隊が堂々と海外に出ていけたりするんだよ。素晴らしいことじゃないか？」

「……………」

「単なる僕の妄想だと思ってる？　たとえば妄想だとしても、それを現実にする力さえ持てばいいんだ。憲法調査委員会のブレーンをしてる、うちの学校の小島教授を知ってる？　小島教授の隠れた趣味のことは？　小島ゼミの男の子はカワイイ子ばっかりだよ」

「やっぱり、あんたのやってることはただの恐喝よ」

「別に僕がやってることをどう呼んでくれてもいいよ。佳奈子ちゃんがくだらない言葉選びをやってるあいだに、僕は最短距離で目標に駆け上がって行くからさ」

中川かまた新しい札束を紙袋から取り出し、数え始めた。わたしは中川を睨《にら》みつけながら、言った。

「どうして社会を変えようと思うの？　なんのために？　誰のために？」

中川は手を止め、一瞬だけ目を細めて遠い眼差《まなざ》しでわたしを見たあとに、応《こた》えた。

「この国と、国民のためだよ。当たり前じゃないか」

頭の中で萱野の言葉が蘇《よみがえ》った。

――シュショーになって俺たちのために世の中を良くする、とかね。

考えるまでもなかった。

中川はニセモノなのだ。

わたしが黙ってると、中川は真剣な顔で、続けた。

「これからの世界は、強い人間の側と弱い人間の側の差がどんどんと広がっていくよ。それが歴史上の必然みたいにね。だって、そうだろ？　この世界はなにからなにまで競争原理で成り立ってるし、それに疑問を感じさせないような仕組みに作り変えられていってるんだから。ところで、佳奈子ちゃんは自分の学校より偏差値の低い学校の女の子を見掛けたら、ちょっとした優越を感じない？」

中川は、わたしの心を見透かしたような笑みを口元に貼りつけた。

「佳奈子ちゃんは僕とおんなじで、こっち側の人間なんだよ。競争社会の勝者になるために必死でがんばってる僕たちが、その日暮しで生きてるみたいな向こう側の連中に、足元をすくわれるようなことが絶対にあっちゃいけないんだ。そんなことが起こらないように、きちんと社会を作り直していかないとね。どんな手段を使ってもね」

「…………」

中川はわたしの沈黙に満足そうな微笑みで応えて、続けた。

「佳奈子ちゃんはいま混乱してるよね？　僕が狂ってるんじゃないかって思ってる。僕がどこかの国にむかしいた独裁者みたいになるんじゃないかって思って怖いんだろ？　そうだろ？」

　首を横に振った。

「あんたは狂ってなんかないわ。勉強が得意なただの優等生なだけよ」わたしはきっぱりと言った。「口がうまくて使い勝手がいいから、いつもクラス委員長とか実行委員長とかに祭り上げられてるうちに、みんなが自分の言うことを聞くって勘違いしちゃったのよ、きっと。それで、いつの間にか、こんなもんか、って人のことを見下すようになって、人が誰でも持ってるような弱みに簡単につけ込むようになってるのよ。自分のことを見つめ直してみればいいのよ。自分には独裁者になるような背景も、度胸もないのが分かるはずよ」

　中川は無表情にわたしを見つめていた。わたしは、続けた。

「あんたの背景は、子供の頃から優等生で、いい高校を出て、いい大学に入ってって肩書きだけのものでしょ？　そんなものに騙《だま》される人もいるかもしれないけど、あんたの言うことを聞かない連中だっているのよ」

　中川は札束を机の上に置いて、訊《き》いた。

「それは自分のことを言ってるの？」

「違うわ。わたしはあんたと同じ優等生で、委員長をやってた側よ。だけど、わたしは知ってるのよ。先生や委員長の言うことなんかぜんぜん聞かないオチコボレたちのことを。わたしたち優等生が作った枠を簡単にぶっ壊す連中のことを」

中川は唇の端っこに、馬鹿にしたような笑みを貼りつけた。

「佳奈子ちゃんの謎の取り巻き連中のことを言ってるのかい？　その連中がいったいなにをできるっていうんだい？」

「わたしを助けに来るわ」

中川が乾いた笑い声を上げた。

「この状況で佳奈子ちゃんを助けに来て、なんのメリットがあるの？　金をもらえる？　それとも、やっぱり体？」

「約束してくれたのよ」わたしは中川を睨みつけて、言った。「命を懸けてわたしを守るって」

中川は呆《あき》れたように首をすくめた。

「佳奈子ちゃんにいいことを教えてあげるよ。人間が口にする言葉の九十パーセントは嘘だと思って間違いないよ。この社会は嘘と建前でうまく機能するようにできてるんだ。一時は僕にだって騙されかけたろ？　なんにも学んでないんだなぁ」

「あんたはあいつらのことを分かってないのよ。もうすぐ、必ずわたしを助けに来るから」

中川は苛立《いらだ》たしそうに腕時計を見たあと、机の上の札束を紙袋の中に戻して、言った。

「申し訳ないけど、白馬に乗った王子様連中の登場を待ってる時間がないんだ。もうそろそろコンテストが終わって、最後の車のクジの当選者の発表を僕がやらなくちゃならないからさ」中川は椅子から腰を上げ、わたしに近づいてきながら、続けた。「このあと佳奈子ちゃんのことはドアの外の連中に任せるから。ちょっとつらい目に遭うかもしれないけど、自分が首を突っ込んできたことの代償として我慢してよ。その時の記念撮影の映像と写真は、これから先僕のために利用させてもらうよ。さっき佳奈子ちゃんが言ってた未成年の買春をした政治家のセンセイは、佳奈子ちゃんみたいなのがタイプだと思うんだよね」

中川がわたしのすぐそばまで来て足を止め、手を伸ばしてわたしの髪に触れた。

「佳奈子ちゃんが僕のタイプだったら、つらい目に遭わなくても済んだのにね」

中川の顔にいやらしい笑みが浮かんだ。本当に頭に来たけれど、わたしにはこのピンチをどう切り抜けていいか分からなかった。両足がぶるぶると震えていて、椅子から立ち上がることさえできなかった。でも、くやしかったから、言った。

「女を使い捨てのモノみたいに思ってるんでしょ？　あんたの大切なママがそうだって教えてくれたの？　ふざけないでよ。あんたになんか絶対に負けないんだから」

中川の顔から笑みが消え、目の奥に残酷な光が一瞬だけ点《とも》って、消えた。

「使い捨てにするのは、向こう側の女だけだよ。佳奈子ちゃんみたいなね。ところで最後に訊きたいんだけどさ、どうしてここまで関わろうと思った？」

わたしはせいいっぱいの憎しみを込めて中川を睨みつけ、答えた。

「彩子さんは……、あんたのことを信頼できる人って言ってたのよ」

中川は不可解な生き物でも見るような目でわたしを見て、言った。

「死んだ人間が生き返るとでも思った？」

中川は腕時計を見て、続けた。

「もう行かなきゃ」

中川の手がわたしの髪から離れた。恐怖で叫び出したい気持をどうにか抑えて、その代わりに、いつものように心の中で祈った。

——みんな、助けて！

中川がドアのほうに視線を向け、叫んだ。

「おい！」

ドアの向こうからは、なんの反応もなかった。中川は舌打ちしたあと、もう一度叫んだ。

「おい！　なにしてんだよ！」

今度は反応があった。どすっという音と、ばさっという音。中川の顔に陰が射《さ》した。中川はわたしを不安そうに見下ろし、今度はさっきより小さな声で、叫んだ。

「おい。早く入って来いよ」

ドアがゆっくりと開いた。中川の体が驚きで小さく震えたのが分かった。わたしの両足の震えは一瞬にして止まった。そして、叫んだ。

「舜臣！」

顔中血だらけの朴舜臣は、眉尻《まゆじり》の傷をポリポリと掻《か》きながら教室に入ってきて、言った。

「遅くなって悪かったな。案外てこずったよ」

中川がとっさにわたしの首に左腕をまわした。少しだけ息が苦しい。

「オッス」

唇と顎《あご》のあたりが血で染まっている南方が、片手を上げながら教室に入ってきた。続けて入ってきた萱野の目は大きく腫《は》れていて、山下の鼻からは血がどくどくと流れ落ちていた。

「さてと」南方が代表して、言った。「俺たちのお姫様を返せ」

中川の腕に強い力が加わった。息が苦しい。

「いまさらなんの意味があんだよ?」朴舜臣は鉄のように強い声で、言った。「さっさと離せ」

中川は、立て、と囁《ささや》くように言って、わたしの首に絡めている腕を思い切り持ち上げた。わたしは両手で中川の腕を摑《つか》み、ぶら下がるようにして椅子から立ち上がった。中川はわたしの体を引きずりながら、何歩かあとずさって、止まった。

「それ以上余計なことをしたら」朴舜臣は攻撃ビームを出しながら、言った。「手加減できなくなるぞ」

わたしの背中にぴったりとくっついている中川の胸から、ものすごいスピードの鼓動が伝わってきた。そして、耳元では荒い息遣いが聞こえる。

「時間稼ぎでもしてるつもりかよ」南方は顎の血を手の甲で拭《ふ》きながら、言った。「この校舎は俺たちの仲間が制圧したから、当分のあいだ助けは来ないぞ。だからおとなしく負けを認めろよ」

耳元で、中川のふっという短い笑い声が聞こえ、首に掛かっていた力が急に弱まった。

「分かったよ」と中川は言った。「負けを認めるよ」

中川の腕が首から外れ、ようやく自由の身になれると思った瞬間、中川の両手がわたしの肩に掛かり、強引にうしろを振り向かされた。目のまえに中川の恐ろしい形相が現れたのとほとんど同時に、頬を思い切り引っぱたかれた。突然のことにショックを受けて呆然《ぼうぜん》としているわたしを見て、中川が不吉な笑みを浮かべた。自分が中川のなんらかの汚い企《たくら》みに利用されていることを本能的に理解したけれど、もう遅かった。次の瞬間、今度は違う両手がうしろからわたしの肩を摑み、強引に引っ張った。倒れないようにとあとずさっているわたしの目には、中川がスタッフジャンパーの中からなにかを取り出しているのが見えていた。

わたしを助けに来た朴舜臣の体が、うしろへと押し出す反動で少しだけまえに流れた。中川のスタッフジャンパーから出た手は、朴舜臣の心臓のあたりに向かって伸びた――。

13

わたしが足をもつれさせて床に尻《しり》もちをついたのと、朴舜臣の体が中川の足元に崩れ落ちたのは、ほとんど同時だった。力なく床に横たわっている朴舜臣を見下ろす中川の顔には、薄ら笑いが浮かんでいた。

朴舜臣の突然のダウンの意味がまったく分からず、わたしは混乱した頭を抱えたまま朴舜臣と中川のことを交互に見ていた。中川は視線を朴舜臣からわたしに移したあと、右手をまえに差し出し、手のひらよりも少し大きいサイズの黒光りする物体を、わたしに誇らしげに見せつけた。

「さすがに七十五万ボルトは強力だね。注意書きには、心臓を狙ってはいけません、て書いてあったけど、そう言われたらやってみたくなるのが人情だよね」

たぶん、スタンガンという護身用具だろう。少しまえに、パパとママが暴漢対策でわたしに持たせるべきかどうかの話し合いをしていた。

中川は右手を下ろし、朴舜臣の脇腹を右足で軽く蹴《け》った。朴舜臣は痛みに反応せず、意識を取り戻す様子も見えなかった。わたしの背後にいる南方たちに、動く気配は感じられない。

わたしはゆっくりと立ち上がった。中川は朴舜臣の体を跨《また》ぎ、わたしに一歩分近づいた。わたしとの距離はあと二メートルぐらい。

中川はスタンガンを顔のまえにかざし、冷たい声で言った。

「関わらなきゃよかったって、後悔してるだろう？」

後悔なんてするもんか。

でも、一瞬だけこう思ったことは確かだ。

――どうしてこんなことになってしまったんだろう？

ひと月ほどまえの平凡な毎日が、いまこの瞬間では遠い遠い過去のことのように思えた。わたしの戸惑いを嗅《か》ぎつけたのか、中川は見下したような笑みを唇の端っこに貼りつけた。

くやしい。

ほんとにくやしい。

中川は顔から完全に笑みを消し、これまで一度も見せたことのなかった鋭い眼差《まなざ》しでわたしを見た。視線が自然にスタンガンに向いてしまった。目ざとい中川は、わたしの視線に気づいて指を動かした。

バチバチバチッ！

静電気の音を百倍大きくしたような不快な音とともに、スタンガンの先端で青白い火花が浮かんだ。

その火花に感電し、世界が一瞬麻痺《まひ》して急停止したような気がした。臆病《おくびょう》なわたしの両足だけが、ぶるぶると震えている。

中川が一歩を踏み出したのをきっかけに、世界がまた動き始めた。臆病なわたしの足は、中川から少しでも離れようと、うしろに向かって動いた。背中がなにかにぶつかり、びっくりしたわたしは、慌ててうしろを振り向いた。南方の顔がすぐ近くにあった。南方の顔には、まるっきり場違いな微笑みが浮かんでいた。

なんで笑ってられるの！

わたしが胸の中でそう叫ぶと、南方がどうにかして聞きつけて、返事をくれた。

「言ったろ。俺たちは殺されても死なない、って」

南方はそう言って、くいっと顎《あご》を上げた。南方の顎が指す方向に、自然と視線が動いた。中川の背後で、ゆっくりと起き上がってくる物体があった。中川は気配に気づいたのか、急な悪寒を感じたみたいに首をぶるっと震わせたあと、頭をまわして恐る恐るうしろを見た。

　完全に立ち上がった朴舜臣が、首を左右に曲げた。コキコキという音のあとに、朴舜臣は言った。

「おかげで持病の肩こりが治ったぜ」

　その瞬間の中川の顔を見られなかったのが、わたしの一生の悔いになるかもしれない。中川はゆっくりと首を元に戻し、わたしたちのほうを見た。顔には諦《あきら》めたような薄い笑みが貼りついていた。中川は両手を軽く上げて、言った。

「参ったよ。で、俺をどうするつもり？」

「とりあえず、そのオモチャを捨てろよ」と南方は言った。

　中川は軽くうなずき、スタンガンをわたしたちのほうに向かって放り投げた。みんなの注意が宙を泳いでいるスタンガンに向いていた刹那《せつな》、中川の左手が動いた。わたしはそれを見逃さなかった。そして、次の刹那から、わたしに見える世界はスローモーションで動き始めた——。

　スタンガンが床に向かって落ちてゆく。中川の左手がスタッフジャンパーのポケットに向かって伸びてゆく。朴舜臣が中川を拘束しようと足を動かす。スタンガンが床に落ちた。

中川の左手がポケットに入った。朴舜臣が中川にさらに近づいた。ポケットの中身はなに？ なんなの？

ゆっくりと動く世界は、わたしに選択を迫っていた。

動くか、動かないか。

朴舜臣の血だらけの顔が視界で動いている。

決まってる。

これ以上朴舜臣を傷つけさせるもんか。

世界の速度が正常に戻り、そして、中川の左手がポケットから抜き出される瞬間、わたしは動いた。

何百回（何千回？）の反復で脳と肉体に染みついている動きが、わたしを裏切ることはなかった。

両手のこぶしを上げ、一メートルほどまえにいる中川に向かって思い切り左足を踏み込んでいる時、わたしの頭をよぎっていたのはただひとつのこと。

——みんなの世界までは、あとこぶし二つ分。

左足の指で床を踏み締め、左のこぶしをまえへと伸ばした。わたしの突進に気づいた中川はとっさに反応してディフェンスを試みたけれど、わたしのスピードには追いつけなかった。わたしの左のこぶしは、顔のまえに上がってこようとする中川の両手よりも先に中川の顔を捉《とら》えた。こぶしはおでこにぶつかり、その反動で中川の顎《あご》が軽く上を向いた。わたしは左のこぶしを戻しながら中川の顎先に照準を定め、右足を勢いよく蹴って肩ごとぶつけるみたいな力いっぱいの右ストレートを撃った——。

なにかを貫いたような衝撃と、こぶしに感じた軽い痛み。その痛みに勝る快感。目のまえで崩れ落ちてゆく中川。そして、鮮やかな色に染まってゆく世界。すべては一瞬の出来事。でも、わたしが自ら手を伸ばし、しっかりと摑《つか》み取ったもの。それは、誰にも、永遠に奪われはしない。絶対に。

わたしが右のこぶしを引き戻し終えるのとほとんど同時に、中川がわたしのまえにひざまずいた。上半身が前後左右に小さく揺れている。朦朧《もうろう》とした意識の中で、自分の体が床に倒れてゆくのをどうにか堪えているようだった。中川の左手を見た。小さなナイフが握られていた。鋭そうな刃が不気味に光っている。

中川の虚《うつ》ろな目がわたしを捉えた。

「わたしは佳奈子ちゃんじゃなくて、岡本さんよ」わたしはファイティングポーズを解いて、言った。「岡本太郎の岡本。二度と馴《な》れ馴れしく呼び掛けないでよ」

朴舜臣が中川の脇にしゃがみ込んで左手からナイフを奪い、背後に投げ捨てた。南方は中川のまえにやってきて、しゃがみ込んだ。手にはスタンガンを持っている。

「これから先、岡本さんにまたなにかしようとしたら」南方は諭すように言った。「俺たちはいつでもおまえのまえに現れるからな。分かったか？」

中川はつらそうに顔を歪《ゆが》めながら、うなずいた。

「おまえにはしばらく寝ててもらうぞ。起きた時には新しい世界が待ってるはずだよ」

南方がスタンガンの先端を中川の心臓のあたりにくっつけた時、中川は疲れ切ったような声で、訊《き》いた。

「おまえたちは何者なんだ？」

「ただの停学明けの高校生だよ」南方は不敵に微笑んで、答えた。「それに、金儲《もう》けのための学園祭が許せない連中」

中川は諦めたように、目を閉じた。

「おやすみ。悪い夢を」

南方の指がかすかに動いた。中川の体は激しく痙攣《けいれん》したあと、土下座をするように前のめりに倒れた。南方は中川の頭の隣にスタンガンを置き、うしろを振り返って、うなずいた。萱野と山下がデスクに向かって駆けていき、紙袋の中身を確かめ、それぞれ二つずつを手に持った。朴舜臣は立ち上がってデスクに近寄り、上に載っている鍵束《かぎたば》を摑んで、南方に放り投げた。南方は鍵束をキャッチしてすぐに鍵の種類を調べ始め、目当てのものをリングから取り外し、残りの鍵をスタンガンの隣に置いた。

「さてと」南方は立ち上がって、言った。「仕上げに行くか」

萱野と山下がドアに駆け寄っていき、南方もそのあとに続いた。突然急速に動き始めた世界に戸惑って駆け出せずにいるわたしの背中を、朴舜臣の手が優しく押した。

「さっきは助かったよ。ありがとう」

朴舜臣の手が触れた瞬間、体の中心を一筋の電気が駆け抜けた。全身がぶるぶると震える。この電気は朴舜臣の体に残っていたもの？　それとも？

そんなことはどうでもいい。とにかく、わたしは百パーセント掛け値なしで生まれて初めての快感に素直に反応し、嬉《うれ》しくて吠《ほ》えた。

キャーッ！

キャーッ！

キャーッ！

ドアのところでは南方と萱野と山下が、珍獣でも見るような目でわたしを見つめていた。隣では、朴舜臣が困ったように眉根《まゆね》を寄せて、わたしを見ていた。

「だいじょうぶか、おまえ？」

わたしは朴舜臣のおなかに思い切り右のパンチを入れ、言った。

「行くわよ！」

みんなの顔に、いっせいに不敵な笑みが浮かんだ。

わたしはドアに向かって駆け出した。


教室を出ると、麻生と青木と失神した男がテープで両手両足をグルグル巻きにされ、口にもテープを貼りつけられて廊下に転がっていた。

萱野と山下が南方と朴舜臣に紙袋をひとつずつ手渡した。よく見ると、萱野は背中に小さなデイパックをしょっていた。萱野が指をパチンと鳴らし、南方に向かって目配せした。南方はうなずき、ズボンのポケットの中から四角いライターを取り出して、萱野に手渡した。

萱野と山下が、廊下を反対側の突き当たりに向かって走っていった。わたしと南方と朴舜臣は、コンテストが開かれているステージの真上の位置に移動して、窓を開けた。中庭からマイクを通した司会の声が舞い上がってきた。

「――それでは、そろそろ本年度のミス永正の発表に参りましょう！　発表は審査委員長の谷村教授からお願いします」

「すっげぇナイスタイミング」南方はそう言ったあと、反対側の左の突き当たりのほうに声を飛ばした。「準備はいいかー！」

オッケー！　という萱野と山下のデュエットが廊下に響いた。

中庭で、お約束のドラムロールが流れ始めた。南方はわたしの顔を見つめ、真剣な顔で言った。

「姫、最初の一投を」

うなずき、南方が持っている紙袋の中に手を入れ、札束を掴み出した。

「本年度のミス永正は――」

谷村の声が聞こえてきた。わたしはお札を束ねている輪ゴムを抜き取り、振りかぶった。ドラムロールが止んだ。わたしは目のまえの宙に向かって、札束をめいっぱい投げつけた。

「――法学部二年の野島貴子さんです」

管楽器のファンファーレが鳴り響き、観客の拍手が湧き起こった。

と同時に、廊下の左のほうから、パン！　というなにかが破裂するような音が聞こえた。

そして、中庭の空に花火の色が浮かんだ。花火が打ち上げられる音が続き、空にはいくつもの色が浮かんでは消えた。

来場客の視線のほとんどが宙に注がれている中を、お札がゆっくりと下に向かって落ちていく。わたしに続いて、南方と朴舜臣も札束を宙に向かって投げつけた。窓から顔を出して左のほうを見ると、同じようにお札がひらひらと舞いながら下へと落ちていっていた。

花火の音が止んだ時、司会の声が言った。

「なんだこれ?」

朴舜臣が、ミスへのご祝儀だよ、と言いながら札束を投げた。

わたしはまた紙袋の中から札束を取り出し、観客の頭上に向かって解き放った。最初に投げたお札が地上に到着したらしく、驚きや戸惑いのざわついた声がところどころで上がり始めた。

南方は札束を投げ終えたあと、期待するような目でわたしを見ながら、言った。

「カエサルのものは——」

わたしはまた札束を摑んで放り投げ、補足した。

「カエサルに」

「さすがだね」南方は嬉《うれ》しそうに言った。

「中学受験の参考書に載ってたのよ」とわたしは言った。

中庭は先を争ってお札を拾おうとする人たちで、かなりのパニック状態になっていた。

どさくさに紛れてステージの上には観客が乱入し、マイクを奪って、ヤッホー! などと叫んでいた。

「ちょっと急ぐよ」

南方の言葉にうなずき、次々に札束を投げた。

札束をすべて投げ終え、わたしたちは階段の踊り場に集合した。山下が一万円札を一枚持っていた。

「みんなの入場料の分」

南方は山下の一万円を手に取ってズボンのポケットにねじ込み、言った。

「行こうぜ」

一番初めに朴舜臣が階段を駆け下り始めた。そのあとを萱野、南方、山下と続き、わたしが最後になった。山下がいつ転ぶんだろうとハラハラしながら階段を駆け下りていくと、一階分の踊り場ごとに私服姿の男たちが四人ずつ立っていた。行きに見掛けた学生服姿の《警備兵》の姿はどこにも見当たらない。私服姿の男たちは、そばを通り過ぎる南方たちとハイタッチを交わし、わたしが無事に踊り場を通り抜けると、わたしのうしろについて一緒に階段を駆け下りた。わたしも四階の踊り場から新しい仲間たちとハイタッチを交わした。パチンパチンという音が響く校舎の中で、わたしたちは階段を必死に駆け下りていった。

山下が転げ落ちることもなく、みんなが一階まで下り切り、ホールに出ると、出入口のドアのまえに井上と郭を含む四人の仲間が立っていた。ドアにはまっているガラス窓からは、外からドアを叩《たた》いている赤いスタッフジャンパーの連中の姿が見えた。

「出るぞ」

南方の言葉に井上がうなずき、ドアの鍵《かぎ》を開けた。ドアが内側に向かって開いて、実行委員の連中が三人、校舎の中になだれ込んできた。朴舜臣が素早く動き、先頭の一人の顎《あご》のあたりをかするようなパンチを放った。先頭の奴の顔は不自然なぐらいに斜めに曲がったのに、体は垂直にすとんと落ちていった。朴舜臣は一瞬にして先頭の奴と残りの二人の意識を刈り取ってしまった。呆気《あっけ》に取られて立ち尽くしている実行委員の二人を、井上と郭以外の二人が捕まえた。

南方がまず出入口に向かって動くと、わたしのうしろについていたみんながわたしを取り囲んで歩き始めた。わたしは頼もしい円に守られながら歩を進めた。

校舎を出ると、十メートルほど先にステージのうしろの板張りの壁が見えた。大音量の喧騒《けんそう》がその向こうから聞こえてくる。事前に聞いた作戦では、このあと裏門のほうへ逃げて、行きに乗り越えた塀をまた乗り越えて逃走する、ということだった。でも、南方たちは裏門のほうへは向かわず、まっすぐステージのほうに歩いていく。

いったいなにをするつもりなんだろう？

ステージのすぐ近くまで来ると、南方たちは来場客が侵入できないようにと張ってあるロープを避けて右に逸《そ》れていき、校舎のほうへと押し寄せてきている来場客らを押しのけながら、ステージの脇に出た。

中庭の様子が見えた。ステージのまえでは、来場客たちが相変わらず先を争ってお札の行方を探していて、ところどころでは殴り合いとか、パイプ椅子を持っての乱闘とか、女の子同士の髪の毛の引っ張り合いなんかが繰り広げられていた。遠巻きで眺めている大勢の見物人たちは、それらを見て手を叩いて喜んだり、汚い野次《やじ》を飛ばしたりしていた。ステージのほうに目を向けると、ステージの上から降りられずにいるコンテストの出場者や審査員の連中が、乱入してきた来場客たちに翻弄《ほんろう》され、おろおろしているのが見えた。その中には谷村の姿もあった。

そして、この騒ぎの中で唯一、シンとした雰囲気を醸し出している場所があった。正門から見てステージの左脇の、赤いセダンが載っている台座だった。一メートルほどの高さのその台座の上には何人もの男たちが乗っていて、車のまわりを取り囲み、車にイタズラをする者が現れないように睨《にら》みを利かせていた。台座に繋《つな》がる短いスロープにも男たちが並んで陣取っていて、とにかく、どこからも車に接触できないように鉄壁の守りで固めていた。

台座のまわりで隙を窺《うかが》いながらウロウロしていた一人の若い男が台座に上がろうと、縁に手を掛けて上半身を引き上げようとした時、ガードをしていた一人がその男の顔を相撲の突っ張りのように思い切りはたいた。男は、ウオーッ、という叫び声を上げながら、背中から地面に落ちていった。その様子を観ていた見物人たちから、大きな拍手が湧き起こった。

「トリを飾る時間だよ」

いつの間にか南方がわたしの隣にいて、微笑みを浮かべていた。

「トリ？」

わたしが訊《き》き返すと、南方はさっき中川から奪った鍵をわたしに差し出し、顎を車のほうに向けて指した。

「せっかくだから乗ってみたいだろ？」

南方が顎を戻し、わたしを見つめた。わたしは鍵を受け取りながらケラケラと笑い、言った。

「さいこー」

南方が微笑みを消して、まわりを固めている仲間たちに、言った。

「サポート、よろしく頼むぞ！」

オッケーとか、ラジャーとか、まかしときーという声が上がった。

南方が台座に向かって歩き出した。わたしは南方の背中を追った。堅い守りの中、わたしと南方と朴舜臣と萱野と山下は、悠々と台座へ繋がるスロープをのぼった。わたしたちを出迎えるように車のまわりを取り囲んでいた守りの一角が割れ、車の頭の部分が見えた。そして、ボンネットに乗ってあぐらをかいているアギーの姿も。

「アギー！」

わたしが車に駆け寄ると、アギーはボンネットから降りて、わたしのまえに立った。アギーはわたしの頬に優しく触れて、言った。

「よくがんばったな」

一瞬、意識が遠のきそうになったけれど、気を失ってる場合ではなかったので、どうにか堪えた。

アギーはわたしの手から車の鍵を取って右のドアに歩いていき、鍵を使ってドアを開け、言った。

「アクセルを思い切り踏め」

わたしはうなずいてドアに駆け寄り、アギーから鍵を受け取って車に乗り込んだ。アギーが微笑みながら、ドアを閉めてくれた。助手席と後部座席のドアが開き、南方と朴舜臣と萱野が乗り込んできた。助手席に乗った南方がドアを閉めて、言った。

「警察が来そうだから、残念だけど正門は無理だな。そんなわけで、裏門までよろしく」

うなずき、鍵をイグニッションに差し込んだ。

深呼吸をする。

キーを思いっきり右にまわした。

エンジンが唸《うな》りを上げ、軽い振動が全身を包んだ。

ブレーキを踏み、サイドブレーキを解除して、みんなの顔を見た。南方が、朴舜臣が、萱野が、うなずいた。山下はいつの間にか左の窓から上半身を外に出し、窓枠に腰掛けていた。

「危ないわよ！」

山下に注意すると、すぐに返事があった。

「だいじょうぶに決まってんじゃん！」

南方が低い声で、いいからいいから、と楽しそうに言った。

その言葉を信じて、ギアをパーキングからドライブに入れた。

フロントグラスを通して、まえを見た。

スロープに人の姿はなかった。

スロープからまっすぐに延びている校舎と校舎のあいだの道からも人がいなくなり始めていた。よく見ると、仲間たちが道にいる人たちを脇へと押しやり、道を空けてくれていた。

「行くわよ！」

クラクションを鳴らした。

ビーーーーーーーーッ！

まるで雄叫《おたけ》びみたい！

ブレーキからアクセルに足を移し変え、思い切り踏み込んだ。

車が急発進し、スロープを一気に滑り降りていく。地面に載った瞬間、車体が少しだけ跳ねてお尻《しり》が浮いた。その時になってシートベルトを締め忘れたのに気づいたけれど、もう遅い。

模擬店を両側に見ながら、車を走らせた。絶対に人を轢《ひ》きたくなかったので、クラクションを何度も鳴らした。時々、逃げ遅れた人がとっさに模擬店の中に飛び込んで、車をよけたりしていた。

あっという間に第二校舎の角まで辿《たど》り着き、ハンドルを右に切った。体に重力と遠心力を感じながら急カーブを曲がり切ると、模擬店の出ていない道が現れ、視界が開けた。道の真ん中に人の姿がなかったので、アクセルを強く踏んだ。車がまた嬉《うれ》しそうに雄叫びを上げた。

右にある第二校舎の壁に沿って車を走らせた。ほんの二、三秒走っただけで壁が途切れ、彩子さんが倒れていた歩道が一瞬だけ視界に入り、すぐに背後に消えた。

わたしがいましていることが、正しいかどうかは分からない。でも、彩子さんはどこかで見ていてくれるはずだ。きっと。

平らな道を走り切ったので、急ブレーキを踏んで車を停めた。この先は裏門へとまっすぐに続く、五十メートルほどのゆるやかな下り坂しかない。

「どこから塀を乗り越えるの？」

南方は意外そうな表情を浮かべ、言った。

「そんなめんどくさいことはしないよ」

「じゃ、どうやって構内から出るの？」

「裏門から出ようよ」

「だって、閉まってるじゃない。鍵《かぎ》は持ってるの？」

南方は首を縦に振り、不敵に笑ったあと、車のダッシュボードを軽く叩《たた》いた。

南方の言ってることを理解するのに、何秒か掛かった。わたしはため息をつきながらハンドルにおでこを載せ、言った。

「鍵はこの車」

「なに考えてんのよぉ……」

「この車を無傷で返して換金されても困るしさ」

相変わらず上半身を外へと乗り出している山下が、車内に向かって叫んだ。

「もう走んないのー！　すっげぇ楽しいんだけど！」

南方が低い声で、言った。

「山下がどうなるかも見たいしさ」

思わず笑ってしまったわたしは、覚悟を決めて、ハンドルから顔を上げた。

「どうなっても知らないからね！」

わたしは急いでシートベルトを締めた。南方がシートベルトを締め終わったのを見て、わたしはうしろを振り返った。すでにシートベルトを締め終わっていた朴舜臣と萱野は、スタート直前のジェットコースターに乗った子供たちみたいに、ワクワクした目の光を宿していた。

「あんたたち、完全にイカレてるわよ」

わたしの言葉に、朴舜臣は応えた。

「いいから、早く行けよ」

その言葉に微笑みで応えたあと、まえを向き、深呼吸をした。

アギーの声が耳に蘇《よみがえ》った。

――アクセルを思い切り踏め。

オーケイ。

迷いや戸惑いや恐れが、どこかへ消え去った。

ブレーキからアクセルに足を踏み変え、思い切り体重を載せた。

エンジンが叫び声を上げながら、ものすごい力で車をまえへと引っ張った。坂道に乗った車は急激に加速し、まわりの世界の音と色をどんどん奪っていく。ハンドルを通して伝わる重力が心地いい。限界までアクセルを踏み込んだ。スピードが刹那《せつな》に過去を奪い去ってゆき、存在するのは現在とほんの少し先の未来しかない。このままどこかに飛んでいってもいい。とにかく、わたしが、みんなを未来へと連れてゆくんだ――。

高くそびえ、わたしたちを外の世界に出すまいと立ちはだかる鉄の扉が、すぐ先に迫ってきていた。残りの距離をこのまま加速していったとして、ぶつかる時の衝撃は何百キロ？　何トン？　フロントグラスの視界のほとんどが鉄の扉で埋まった時、一瞬、ほんの一瞬だけ、ブレーキを踏む誘惑に駆られた。でも、それを実行する暇なんて、これっぽっちもなかった。

ドガン！！！！！

巨人の二つの手のひらで背中をいきなり強く押されたような衝撃があり、頭が揺れ、世界の輪郭が大きくぼやけた。瞬きしてピントを合わせる間もなく、白いものが突然目のまえに迫ってきたので、とっさに目を閉じた。硬いような柔らかいようなものが顔と胸にぶつかり、わたしの上半身をシートの背もたれへと勢いよく押し戻した。

全身を包んでいた疾走感が消え去っていた。

どうやら車は停まったみたいだ。

目を開けるのが怖かったので、背もたれに頭を預けて、耳を澄ました。低いエンジンの音は聞こえるけれど、ほかに異常を告げるような音は聞こえなかった。

「だいじょうぶか？」

南方の声が聞こえた。

目を開けなかった。

「生きてるかー」

萱野の声も聞こえた。

目を開けなかった。

「おい、目を覚ませよ」

最後に朴舜臣の声。

それでも、目を開けなかった。代わりに、クスクスと笑った。すぐに南方と萱野と朴舜臣の笑い声が加わり、わたしたちは少しのあいだ笑い続けた。

「さてと」南方が笑いを切り上げ、言った。「ずらかりますか」

わたしも笑うのをやめ、目を開けた。衝撃でヒビが入っているフロントグラスの向こうには、車幅分だけの隙間が開けていた。よく見ると、ボンネットの部分が不自然に外側に折れ曲がった鉄の扉のあいだに挟まっていた。本来は内側に開く扉なので外側にうまく開くことなく、こんなふうになったんだろう。でも、それが偶然であれ、扉がブックエンドみたいに車を挟んでブレーキを掛けてくれたので、結果的に衝突のあとの無駄な暴走が防げたことに間違いはなかった。そして、目のまえにはハンドルから垂れ下がってる、しぼんだエアバッグがあった。エアバッグに関して、ひとつ学んだことがある。それは、エアバッグが顔にぶつかると痛い、ということだ。

「降りるぞ」

南方の言葉にうなずき、ブレーキペダルを踏んでギアをパーキングに入れ、サイドブレーキを引いた。キーを左にまわしてエンジンを切る。シートベルトを外し、キーのロックを解除して、ドアノブを引いた。足が地面を踏んだ瞬間、無事に車から降りれた喜びで飛び跳ねたい気持だったけれど、腰に微妙な違和感があったので、やめておいた。

「そういえば山下は？」

車から降りた萱野が、思い出したように言った。わたしたちもそのことに気づき、扉のあたりを見まわした。ぶつかった時の反動で、まえのほうに飛んだと思ったのだ。でも、山下の姿は見当たらなかった。

「おかしいなぁ……」

そう言って首を傾げながら、うしろを振り向いた南方が、突然笑い始めた。わたしたちは南方の視線を追った。萱野が地面にひざまずき、おなかを抱えて笑い始めた。朴舜臣は車のドアにもたれて、肩をゆすりながら笑っていた。わたし？　わたしはいきなり笑い過ぎて息が苦しくなり、立っていられなくなって萱野の隣にしゃがみ込んだ。

山下は十メートルほどうしろの校舎脇の植え込みに、逆立ちするみたいに頭から刺さっていた。生い茂った植木に上半身から突っ込んだらしく、わたしたちに見えるのは下半身だけだった。山下の開いた両足は、まるでVサインみたいに見えた。

わたしたちが笑いを止められずにいると、坂の頂上のあたりにだんだんと人が集まり始めていた。それに気づいた南方が、がんばって笑いを引っ込めて、言った。

「スケキヨを助けに行くぞ！」

南方と朴舜臣と萱野が、いっせいに山下のところへ駆け寄っていった。わたしも遅れてあとに従った。

でも、スケキヨって誰？

南方たちは三人がかりで足を掴《つか》み、山下を引っこ抜いた。ようやく救出され、涙目で地面に横たわってる山下が、ぽつりと言った。

「死ぬかと思った……」

わたしは山下のそばにしゃがんだあと、コートのポケットから朴舜臣のシャツの切れ端を取り出し、擦り傷だらけの山下の顔を拭《ふ》いてあげた。

「岡本さん……」山下は潤んだ目のままわたしを見つめ、言った。「鼻血出てるよ」

「うそっ！」

「ほんと。すごい間抜けな顔になってるよ」

慌てて鼻に手をあてると、確かに血が指にべっとりとついた。わたしが指から南方たちに視線を移すと、南方たちはさりげない感じで視線をそらした。

こいつら、気づいてて黙ってたな……。

わたしが文句を言おうとした時、南方は先まわりして口を開いた。

「ずらからないと、マジでやばいぞ」

坂のてっぺんを見ると、さっきよりも人の数が増えていた。朴舜臣が山下に手を差し出し、助け起こした。わたしはシャツの切れ端で鼻血を拭きながら、立ち上がった。わたしたちは顔を見合わせたあと、いっせいに門に向かって駆け出した。

南方と朴舜臣と萱野と山下は車のボンネットの上に飛び乗り、開いている扉の隙間から外に向かってジャンプした。わたしはボンネットの上に片足を跨《また》いで乗り、お尻《しり》で滑るように隙間を通り抜け、外の地面に降り立った。振り返って車を見ると、頭の部分がひどくひしゃげたりへこんだりしていて、ヘッドライトも粉々に割れていた。廃車まではいかないにしろ、修理代は相当掛かるだろう。

「近くでアギーの車が待機してるから、そこまで走るぞ」

南方が先頭に立って、走り始めた。わたしはみんなの背中を追うようにして、走った。

裏門のまえの道を走り切り、角を右に曲がって正門とは逆の方向へ進んだ。

一方通行の細くて長い道を、出口に向かってまっすぐに走っていく──。

みんなとこうやって走るのは、なんて楽しいんだろう。でも、わたしとみんなの背中が少し離れてしまった。
必死に走ってるのに。
また少し離れてしまった。
みんなみたいに思い切り太ももを上げて走ってるのに。
また少し離れてしまった。
みんなみたいにがむしゃらに手を振って走ってるのに。
また少し離れてしまった。
がんばっても追いつけない。
待って、置いてかないで。みんな、速過ぎるよ。
山下、お願い、転んで。
あ、出口が見えてきた。
みんなが、どっかに飛んでっちゃう——。

わたしは立ち止まった。
ちょうど出口のあたりでわたしがついてきてないことに気づいたみんなは、立ち止まって振り返った。

「どうしたー？」

南方が叫んだ。

わたしは応えなかった。理由なんて説明しようがない。

みんなが心配そうな顔で、駆け寄ってくる。わたしの元に辿《たど》り着いたみんなの視線が痛い。

「どっか痛いのか？」朴舜臣が優しく訊《き》いた。

わたしは首を横に振った。

「なんか忘れもの？」萱野がわたしの目を覗《のぞ》き込むようにして、訊いた。

首を横に振った。

山下が心配そうに言った。

「鼻血、出てるよ」

わたしは泣き始めた。ずるいけれど、そうするしかなかったのだ。でも、自分が女であることが疎ましくて仕方がなかった。

わたしが泣いたのを山下の失言のせいだと勘違いした南方と朴舜臣と萱野は、山下の頭を次々にはたいた。山下は切なそうな目でわたしを見つめ、言った。

「ごめんね」

わたしは顔を覆って、泣きじゃくった。また山下の頭がはたかれる音が聞こえてきた。
わたしは、みんなが飛ぶのを邪魔してしまった。
わたしは、みんなの風にはなれない。

14

初めての冒険が終わり、わたしは何事もなかったかのようにありふれた日常へと戻った――、わけがなかった。というより、戻れないわけがあった。

学園祭襲撃の翌日から丸々一週間、わたしは学校を休んだ。

どうしてかって？

鼻血がなかなか止まらなかったし、打撲がひどくて熱が出たこともあるけれど、それよりも顔が腫《は》れてしまい、恥ずかしくて外に出れなかったのだ。右のほっぺなんて、ピンポン球が入ってるみたいにぷっくりと腫れ上がってしまった。全部エアバッグのせいだ。

襲撃当日の夜、家に帰ってきたわたしの顔を見て、ママは、あらあらあら、とあらを三回言い、ため息をついて続けた。

「それで、試験は合格したの？」

間違いなく女子プロレスの入団テストを受けてきたと思っているのだ。めんどくさかったので、ダメだった、と答えた。

学校を休んだ一週間、わたしはほとんどの時間を濡《ぬ》れタオルを顔にあてながらベッドの中で過ごし、いつものマンション工事の騒音をBGMにして、襲撃の日のことをあれこれ思い返していた。

アギーの車で大学の近くから逃げたわたしたちは、戸山公園に向かった。わたしたちが水飲み場で顔の血を洗い流したり、ティッシュを丸めて作った鼻栓を鼻に詰めたり、衝突の後遺症を防ごうと柔軟体操をしたりしてるうちに、襲撃に参加してくれたみんなが大学から戻ってきた。全員が集まったのは、夜の七時を過ぎていた。

南方はみんなの無事を確認したあと、広場に集合を掛け、みんなに向かって言った。

「作戦は成功したぞ。みんなのおかげだ。ありがとう！」

みんなが歓声を上げた。わたしは拍手をした。南方は続けた。

「ヒロシも喜んでると思う」

みんなが一気にしんみりしたので、わたしもなんだか悲しくなってしまった。南方は本当に愛《いと》しそうな目でみんなを見まわして、言った。

「次の会合は三学期の頭だ。それまでは各自、最後の目標のためにバイトに勤《いそ》しんでくれ。女にうつつを抜かし過ぎんなよ」

オッケーとか、ラジャーとか、まかしときーという声が、ところどころで上がった。

「それじゃ、今日は解散するぞ。萱野と山下から入場料を受け取って帰ってくれ」

みんなは三百円を受け取ったあと、わたしのところへやってきて、おつかれーと声を掛けてくれたり、ハイタッチを交わしたり、誰かの顔真似をしたりして、帰っていった。

「いまのは、ブルース・リーのマネだよ」

わたしのそばにいた南方が、解説してくれた。

「次の会合とか言ってたけど、みんなは部活の仲間かなんかなの？」とわたしは訊いた。

南方は困ったように眉《まゆ》をひそめながら、答えた。

「まぁ、そんなもんかな。学校側の認可は下りてないけどね」

わたしと南方と朴舜臣と萱野と山下とアギーが、公園に残った。

「打ち上げって感じでメシでも食いに行きたいけど、今日は早めに帰って休んだほうがいいね」

南方がわたしを見ながら、言った。わたしはうなずいた。もうすでに顔が腫れ始めていたのだ。

わたしは鼻栓を抜き、みんなの顔をきちんと見つめたあとに、言った。

「みんな、ほんとにありがとう……」

ほかにもっと言わなくてはいけないことがたくさんあるような気がしたけれど、それがその時のせいいっぱいだった。みんなは照れ臭そうに微笑んだ。徒競走の一着を褒められた、小学生みたいな顔だった。

南方たちとは、アギーの車のそばで別れた。

別れ際、朴舜臣はわたしの顎《あご》先に右のこぶしをちょこんと当てて、言った。

「いいパンチだったよ。あれだったら俺でもやばかったな」

萱野は親しげな笑みを顔いっぱいに広げて、言った。

「楽しかったね」

山下はニヒルに笑い、言った。

「俺の名前は山下。山下清の山下」

山下は南方に、岡本さんのパクリじゃねぇか、と言われながら頭をはたかれた。

南方は真剣な顔で言った。

「なにかあったらいつでも連絡をくれよ。すぐに駆けつけるから」

車がスタートしてみんなが見えなくなるまでのあいだ、わたしはリアウインドウの向こうで手を振ってくれてる南方と朴舜臣と萱野と山下に、手を振り返し続けた。

車内ではほとんど喋《しゃべ》らなかった。

疲れたか？　うん。みんな気持のいい奴らだろ？　うん。あいつらのチーム名、ザ・ゾンビーズっていうんだぜ。変な名前。

そんな感じだった。

家に着いて、車を降りる時、アギーは言った。

「またな」

わたしは、うん、とだけ応《こた》えた。


永正祭の襲撃のことは、たくさんのマスコミに取り上げられた。

でも、たいていは、「天から学園祭の売り上げが降ってきて、混乱した」という取り上げられ方で、そのお札がどういうカラクリで実行委員会に集まったのかなんてことは、まったく触れられてなかった。もしかすると、マスコミの中には色々な大学の元実行委員会の人たちがたくさんいて、《自主規制》を掛けたのかもしれない。それか、わたしには窺《うかが》い知れないような、もっと深いカラクリがあるのかも。

ちなみに、お札が降ることになったのは、「実行委員会と大学内のほかの学生組織との内紛が原因か」という論調で落ち着いていた。そういえば、実行委員会はお札の回収を試みたそうだけれど、結局戻ってきたのは二十三万円だけだったらしい。

十一月が終わる日の夜に、南方から電話があった。

「なんか変わったことない？」

「だいじょうぶよ。そもそも家から出てないし」

「これから先、岡本さんが狙われるようなことはないと思うけど、念のために気をつけてくれよ」

「うん、分かってる」

「あ、そうだ。中川の奴、今回の後始末がそーとー大変みたいで、ノイローゼ気味らしいよ」

「でも、ノイローゼになったぐらいじゃ、中川の罪は消えないと思うけど」

「確かにね。まぁ、そこらへんはもう少し様子を見てようよ。いま、中川の足場は崩れかかってるから、あちこち破綻《はたん》していくかもしれないし」

「どういう意味？」

「これまで中川のことをうっとうしく思ってた連中が、力を失くしかかってる中川をほっておくかな」

「弱みを握られてた連中が、反撃に出るってこと？」

「そういうこともありえるかな。とにかく、俺たちはもうちょっと中川のことを追ってみるよ。とうとうイカレちゃった中川が、逆恨みで岡本さんを襲わないとも限らないし」

「わたしならだいじょうぶよ。絶対に負けないから」

南方の楽しそうな笑い声が聞こえてきた。

「元気そうで安心したよ。でも、助けが必要になったら、いつでも連絡をくれよ」

わたしは少しの沈黙のあと、応えた。

「うん、分かってる」

南方の言葉どおり、襲撃の日から二週間も経たないうちに、中川はアメフト部の連中と一緒に警察に逮捕された。中川が言っていたアメフト部の集団レイプが、被害者の女の子の訴えで明るみに出たのだ。もしかしたら、南方たちが裏で動いたのかもしれないけれど、真相は分からない。

いったんは強姦《ごうかん》の教唆と幇助《ほうじょ》の容疑で捕まった中川は、余罪の追及で自らも数件の強姦に加わっていたことが明らかになった。そこから先はラグビー部やサッカー部や空手部のスキャンダルをマスコミが騒ぎ立て、永正大学は騒動の渦中に巻き込まれた。それらのほとんどが下半身に関係するスキャンダルだった。でも、谷村や笹山やほかの大学教授の名前は一度も表に出てくることはなかった。どこかの時点でなんらかの圧力が加わったんだろうか？

ちなみに、中川は一度も保釈されることなく、いまは罪の確定を待って拘置所にいる。大学側は中川の逮捕からわずか三日の早さで、中川の退学処分を決定した。

そうそう、十二月の終わりにパパの書斎にあるパソコンで永正大学のホームページを見に行ったところ、評議員会選挙の当選者名簿の中に笹山の名前はなかった。南方たちが気にしていた石原隆太郎の名前はあったけれど。


襲撃からちょうど一週間経った十二月の最初の日曜日、顔の腫《は》れが引いたわたしは、彩子さんの家に向かった。

彩子さんのお母さんは突然の訪問を初めは警戒していたけれど、すぐにわたしのことを思い出してくれて、家の中に招き入れてくれた。

わたしは彩子さんの遺影と遺骨が置かれている仏壇にお線香を上げ、手を合わせた。

彩子さん、見ててくれた？

彩子さんがいなくてさびしいけど、わたしがんばるからね——。

そのあと、お母さんとお茶を飲みながら、少しだけ話をした。

「いまでも、彩子が、ただいまー、って言って、何事もなかったように帰ってくる気がするのよ」

　お母さんは薄く笑ってそう言った。

「でも、もう少ししたらきちんとお別れの会をするつもりなの。もしよかったら、来てあげてね」

　お母さんの言葉に、わたしはしっかりとうなずいた。

　帰り際に彩子さんの部屋に連れて行かれた。

「なにか欲しいものがあったら、持っていって。彩子も喜ぶと思うし」

　彩子さんの部屋はきちんと整頓《せいとん》されていて、余計な飾りつけもなくて、凛《りん》とした佇《たたず》まいだった。ふと彩子さんといるような気がして泣きそうになったけれど、がんばって堪えた。

　口紅を一本もらうことにした。色は赤で、わたしにはまだ早い色だけれど、彩子さんの歳になった時に引いてみようと思ったのだ。

「もしよかったら、また遊びに来てね」

　玄関先でそう言ってわたしを見つめるお母さんの目は、少し潤んでいた。

　わたしはめいっぱいに微笑んで、言った。

「必ず来ます」

　わたしがお辞儀をすると、お母さんが潤んだ目のまま不思議そうにわたしを見つめた。無意識のうちに、顔を上げたままのおかしなお辞儀をしていた。わたしは恥ずかしくなって、顔が赤くなるのを感じた。

「それ、流行《はや》ってるの？」

お母さんはそう言って、とても柔らかな微笑みを向けてくれた。

わたしはほっとしたあと、今度はちゃんとしたお辞儀をした。

顔を上げても、まだお母さんの微笑みが待っていてくれた。


そして、十二月の最初の月曜日がやって来た。

いつものとおり目覚まし時計が朝の七時に鳴り出し、わたしは目を覚ました。期末テストも近かったので、その日から学校に行くつもりだった。でも、なかなかベッドを抜け出す気になれなかった。休んでるあいだに何度も思い返したみんなとの日々の色があまりに鮮やかで、これまでわたしが属してきた色彩の薄い日常に戻るのが億劫《おっくう》だったのだ。それに、学校へ行けば、休んでるあいだのことを南田に根掘り葉掘り訊《き》かれるだろうし。

ノックの音が聞こえたので、はい、と返事をした。ドアが開き、隙間からママが顔を出した。

「今日は学校に行けそう？」

わたしは少しだけ迷って、うん、と答えた。最近のわたしをさすがに不審に思ったパパが、この数日きつい口調で原因をママに問い詰め始めていたのだ。これ以上休むと、パパとママの喧嘩《けんか》に発展してしまう気がした。

わたしの返事にママは微笑み、下で待ってるね、と言ってドアを閉めた。わたしは気力を振り絞ってベッドから飛び降り、床に着地してすぐに、ワンツーを放った。

支度を終えてキッチンに下り、不機嫌そうなパパの顔を見ながら朝ごはんを食べているところに、インターホンのチャイムが鳴った。ママは早朝のふいの訪問者に首を傾げ、インターホンの受話器を手に取り、はい、と応えた。少しのあいだ黙って耳を傾けていたママは、受話器を置いたあと、かすかに微笑みながら、わたしに向かって言った。

「悪いけど、カナちゃん出てくれる?」

変だな、と思いつつも、玄関に向かい、ドアを開けた。咲子ちゃんと絵里ちゃんが、立っていた。

「どうしたの?」わたしはびっくりして、訊いた。

「一週間も学校を休んだから、どうしたのかなぁって思って……」咲子ちゃんはほんのちょっとうつむきながら、言った。

「このまえは、ごめんね」絵里ちゃんは目に涙を溜《た》めながら、言った。

「迎えに来てくれたの?」

わたしの言葉に、二人は同時にコクンとうなずいた。その様子が可愛くて、思わず笑ってしまった。わたしの笑顔を見て、二人もほっとしたように、ようやく笑ってくれた。

「今日、学校行く？」と咲子ちゃんは訊いた。

「もちろん」とわたしは応えた。「ちょっと待っててね、いまカバン取ってくる」

わたしは走ってキッチンに戻り、カバンを取ったあと、パパとママに言った。

「行ってきます！」

わたしはこうやって、わたしの属する世界へと戻っていった。

*

十二月が過ぎ、一月が過ぎ、二月が過ぎ、三月になった。

襲撃の日以来、みんなとは一度も会ってなかった。たぶん、わたしが望んだら、みんなは会いに来てくれただろうけれど、わたしはそれを望まなかった。

南方とは何度か電話で話をした。最後に話したのは三学期が始まったばかりの、一月の最初の木曜日のことだった。

なにか変わったことはない？　ううん、だいじょうぶ。なんかあったらすぐに連絡をくれよ。うん、分かってる。

そんなふうに、いつもと同じような短い会話だけを交わして、電話を切った。

期末試験はできた？　みんなはクリスマスにはなにしてたの？　初詣《はつもうで》には行った？　舜臣は元気？　萱野は元気？　山下は怪我してない？　アギーは相変わらず？

ほんとはそんなふうに訊きたかった。でも、そう訊いたら、南方は絶対に、みんなに会いに来いよ、と言うはずだった。だから、わたしは訊かなかった。

三月の四番目の火曜日に、初めてわたしから南方に電話をした。みんなの卒業が無事に決まってたら、おめでとうを言いたかったのだ。電話に出たのは、南方のお母さんだった。

「あの子は卒業式にも出ないで沖縄に行っちゃったのよ」とお母さんは怒ったように言った。「いつ帰ってくるか分からないの。一昨日の電話で、友だちが事件に巻き込まれたから、それが解決するまでは帰れないとかなんとか言ってたわ」

わたしが思わず笑ってしまうと、お母さんが、まったくなにを考えてるのかしらね、と言ったので、自分が叱られたんだと思い、ごめんなさい、と謝ってしまった。お母さんは、あら違うのよ、気にしないでね、と言って、笑った。

南方に電話をした翌日、学校の帰りにアギーの家の近くまで行った。アギーのレンジローバーのスペースには、小さな軽自動車が停まっていた。軽自動車の車体の鮮やかな赤い色をぼんやり見ていると、うしろから、カナコちゃん、と声を掛けられた。振り向くと、微笑んでるアギーのママがいた。アギーのママの暖かい目の色がなんだか懐かしくて胸が詰まり、言葉が出てこなかった。その代わりに涙が出てしまった。わたしはアギーのママの肩に顔をくっつけて、しばらくのあいだ、泣いた。アギーのママはなにも言わずに、わたしの背中をずっとさすってくれていた。

わたしが泣き止むと、アギーのママは手に持っていた買い物袋をちょっとだけ持ち上げて、言った。

「たくさん泣いたからおなかが空《す》いたでしょ？　一緒にご飯を食べよ」

マンションに帰って、アギーのママと二人でキッチンに立ち、晩ご飯を作った。わたしがお米を研いで火にかけているあいだに、ママはシーチキンと卵と豆腐の入ったゴーヤーチャンプルーをあっという間に作り終わり、次のカボチャ料理に取り掛かっていた。まずニンニクを鍋《なべ》の中で炒《いた》めてタマネギを加え、次にエビとカボチャとココナッツミルクと塩とコショウを入れて、鍋の蓋《ふた》を閉めた。

「これはなんて料理ですか？」とわたしは訊いた。

「ギナタアン・カラバサ」とアギーのママは答えた。「フィリピンの料理だよ。カボチャのココナッツミルク煮」

鍋の中身が柔らかくなるのを待つあいだ、お味噌汁《みそしる》を作ることにした。具はレタス。

「簡単だけど、案外おいしいんだよ。あの子たちも大好きだし」

わたしはレタスを洗って千切る役を受け持った。

すべて出来上がり、二人でお茶碗《ちゃわん》やお皿を運んだあと、椅子に座った。テーブルに並んだものをあらためて眺めると、あの子たちがいかにも好きそうなメニューに思えてきた。

「いただきまーす」

わたしとアギーのママは同時にそう言って、ご飯を食べ始めた。ほんとにおいしくて、わたしは何年かぶりにご飯をお代わりした。ギナタアン・カラバサも、カボチャの甘さと塩コショウのバランスがちょうどよくて箸《はし》がどんどん進み、すぐになくなってしまった。

夕食が終わって二人でテーブルを片づけたあと、アギーのママがワインを出してきて、ちょっとだったらいいよねー、と言って勧めてくれた。

生まれて初めてのワインの味は苦くて、でも、舌が嫌がる感じではなかった。わたしがテーブルにワイングラスを置いた時、アギーのママが、闘牛士の絵が描かれた絵葉書をわたしに手渡した。差出人はアギーだった。

ママ、闘牛士はカッコいいよ。

表には、たったそれだけが書かれていた。

わたしが笑いながら絵葉書を何度も眺めていると、アギーのママは言った。

「あの子はいまスペインにいるみたい。世界をまわって帰ってくるって言ってた」

「いつ頃帰ってきそうなんですか？」

「わからない」アギーのママはワインを飲みながら、興味がなさそうに言った。

「心配じゃないんですか？」

「ぜんぜん」アギーのママは笑って答えた。「どこかを飛んでてくれたほうが、安心するよ。それに、あの子が色んな世界にダイブして、どんどん変わっていくのを考えると、すごく楽しい」

わたしが微笑みながらうなずくと、アギーのママは自分のワイングラスにワインを足して、訊《き》いた。

「あの子たちとは、遊んでなかったの？」

わたしはほんの少しだけワインを飲んで、言った。

「わたしがいるとみんなの邪魔になるから」

「どうしてそう思うの？」

「鬼ごっこで言うと、わたしはお豆みたいなもんなんです。ルールとは関係ない存在なのに、みんなと遊びたくてみんなにまとわりついて邪魔をする存在なんです」

「あの子たちがそんなことを言ったの？」

わたしは首を横に振った。

「みんなは優しいから言わないけど……」

「それで、カナコちゃんはどうするの？　みんながお豆でもいいから遊ぼうって誘ってくれるまで、ずっと待ってるの？」

「………」

「カナコちゃん」アギーのママは強い眼差《まなざ》しでわたしを見て、言った。「女の子だからって、おとなしく待ってなくてもいいんだよ。自分から鬼ごっこをやろうって誘って、自分が鬼から始めればお豆にならないでしょ？　遊びを始めるのはいつも男の子からじゃなくたっていいんだよ」

わたしが顔を見つめると、アギーのママは柔らかく微笑んで、言った。

「でも、カナコちゃんの気持も分かるよ。あの子たちはちょっと変わってるからね。それに、タフだし。でもね、カナコちゃん、あの子たちも初めからタフだったわけじゃないんだよ。空を飛ぼうとして何度も落ちたり、誰かに羽をもがれそうになったり、でも、そのたびにどんどん強くなってフリーバード（自由な鳥）に近づいていってるんだよ――」

アギーのママはいったんそこで言葉を切り、笑みを深めて続けた。

「カナコちゃんもどんどん強くなって、あの子たちがいる世界まで飛んでいって、一緒に遊べばいいよ。きっと楽しいよ」


四月に高校二年に進級したのと同時に、わたしはバレエ教室に通い始めた。もちろん、パパとママは強く反対した。でも、わたしは生まれて初めて、きちんと自分の意志を貫き通した。

教室に復帰したばかりの頃は動かない体が情けなくて仕方なかったけれど、それよりも踊るのはほんとに楽しかった。

そして、いまはもう七月だ。

朝のジョギングは続けている。

ワンツーの練習も続けている。最近では、フックやアッパーもおぼえたくなったので、ジム通いを本気で考えている。

学校の成績が落ちてないので、パパとママはバレエ教室通いを黙認してくれている。ジム通いはどうだろう？　許してくれるかな。

とにかく、いまはなにより、速くパンチを出せるようになりたい。

速くピルエットをまわれるようになりたい。

高くジュテを飛べるようになりたい。

そういえば、『燃えよドラゴン』と『リトル・ダンサー』と、スケキヨが出てくる『犬神家の一族』を観た。三本ともすごく面白かった。スケキヨには笑ってしまったけれど。この三本がきっかけになって、映画もたくさん観るようになった。

学校生活も楽しい。

実は学園祭の襲撃のあと、わたしは学内で《伝説的存在》になっていた。ミスコンの取材に来ていたあるテレビ局が、車で逃げ去るわたしの映像をニュースで流したのがきっかけだった。映像は現場の混乱のせいで、ピンボケで短いものだったらしいけれど、クラスメイトの目はごまかせなかった。噂を聞きつけた南田に呼び出されて真偽を問われても、わたしは黙秘を貫き通した。確たる証拠もなかった南田は、五度目の呼び出しでようやく諦《あきら》めてくれた。

そして、気づくと、わたしのまわりには、自分を取り巻く現状に不満を感じてる子たちが集まり始めていた。わたしたちは色々なことを真剣に話し合い、仲良くなって、いつも一緒に行動するようになった。先々週は、みんなで初めてのロックのコンサートに出掛けた。スピーカーから出てくる音の大きさにびっくりしながらも、みんなで控え目に体を揺らしながら楽しんだ。先週は、みんなで作戦を練って罠《わな》を張り、電車に頻繁に出没するタチの悪い痴漢を捕まえた。いまのところ、仲間は二十六人だけれど、もっと増えていくかもしれない。みんなとは、もっと面白いことができるような気がしている。たとえば——。

これは秘密にしておこう。


近所のマンションも工事が終わり、騒音もなくなった。

完成したマンションのまえを通るたびに、南方や朴舜臣や萱野や山下やアギーのことを思い出す。わたしの記憶の中のみんなはいつだって楽しそうに笑い、走り、飛び跳ねている。そんなみんなに、時々わたしはそっと問い掛けてみる。

——ねぇ、新しい世界を作り続けてる?

答えが返ってこないさびしさを振り払い、わたしはいつもこんなふうに思う。

——いつか速い車に乗って、みんなを迎えにゆこう。

そう、みんなを車に乗せ、空だって飛べるような速さでこの世界を脱け出し、みんなをわたしの世界へと連れてゆくのだ。そこにはめくるめくような新しい冒険が待っているはずだ。きっと。

授業が退屈な時、そっと目を閉じ、耳を澄ませてみる。

英語の文法や数学の公式を語る声はすぐに消え失せ、代わりに獣の雄叫びのようなエンジン音が頭の中で鳴り響く。

あの日の疾走感が恋しい。

わたしは、スピードに焦がれている。

本書は二〇〇五年七月に小社より刊行された
単行本を文庫化したものです。

SPEED

金《かね》城《しろ》一《かず》紀《き》

平成23年 6月25日　初版発行
令和6年 12月5日　再版発行

発行者●山下直久

発行●株式会社KADOKAWA
〒102-8177　東京都千代田区富士見2-13-3
電話　0570-002-301（ナビダイヤル）

角川文庫 16875

印刷所●株式会社暁印刷
製本所●本間製本株式会社

表紙画●和田三造

◎本書の無断複製（コピー、スキャン、デジタル化等）並びに無断複製物の譲渡および配信は、著作権法上での例外を除き禁じられています。また、本書を代行業者等の第三者に依頼して複製する行為は、たとえ個人や家庭内での利用であっても一切認められておりません。
◎定価はカバーに表示してあります。

●お問い合わせ
https://www.kadokawa.co.jp/（「お問い合わせ」へお進みください）
※内容によっては、お答えできない場合があります。
※サポートは日本国内のみとさせていただきます。
※Japanese text only

©Kazuki KANESHIRO 2005, 2011　Printed in Japan
ISBN 978-4-04-385205-5　C0193

◇◇◇

角川文庫発刊に際して

角川源義

第二次世界大戦の敗北は、軍事力の敗北であった以上に、私たちの若い文化力の敗退であった。私たちの文化が戦争に対して如何に無力であり、単なるあだ花に過ぎなかったかを、私たちは身を以て体験し痛感した。西洋近代文化の摂取にとって、明治以後八十年の歳月は決して短かすぎたとは言えない。にもかかわらず、近代文化の伝統を確立し、自由な批判と柔軟な良識に富む文化層として自らを形成することに私たちは失敗して来た。そしてこれは、各層への文化の普及滲透を任務とする出版人の責任でもあった。

一九四五年以来、私たちは再び振出しに戻り、第一歩から踏み出すことを余儀なくされた。これは大きな不幸ではあるが、反面、これまでの混沌・未熟・歪曲の中にあった我が国の文化に秩序と確たる基礎を齎らすためには絶好の機会でもある。角川書店は、このような祖国の文化的危機にあたり、微力をも顧みず再建の礎石たるべき抱負と決意とをもって出発したが、ここに創立以来の念願を果すべく角川文庫を発刊する。これまで刊行されたあらゆる全集叢書文庫類の長所と短所とを検討し、古今東西の不朽の典籍を、良心的編集のもとに、廉価に、そして書架にふさわしい美本として、多くのひとびとに提供しようとする。しかし私たちは徒らに百科全書的な知識のジレッタントを作ることを目的とせず、あくまで祖国の文化に秩序と再建への道を示し、この文庫を角川書店の栄ある事業として、今後永久に継続発展せしめ、学芸と教養との殿堂として大成せんことを期したい。多くの読書子の愛情ある忠言と支持とによって、この希望と抱負とを完遂せしめられんことを願う。

一九四九年五月三日